ベリーズ文庫

# 極上御曹司に求愛されています

惣領莉沙



STARTS
スターツ出版株式会社

# 目次

# 第一章　御曹司は、やっぱり強引

からりとした気持ちのいい風が頬を撫《な》で、天羽芹花《あもうせりか》は口元を緩めた。

そろそろ肌寒さを覚える十一月半ば。今日の仕事の予定を頭に浮かべながら、忙しくなりそうだな、と小さく息を吐く。

そういえば、イラスト集の最終打ち合わせも午後に予定されている。

思いがけないことばかりが続いたこの半年だったが、いよいよ来月には夢のような出来事が待っているのだ。そう、芹花にとってはこの先百年分のクリスマスプレゼントを手に入れるに等しいことが。

「おはようございます」

事務所に着いた芹花は周囲と挨拶を交わしながら席に着く。まだ八時を過ぎたばかりだが、既に弁護士数人と事務職の女性たちが仕事を始めていた。

裁判所から徒歩圏内に事務所を構える『三井《みつい》法律事務所』は大手法律事務所として有名で、企業法務や知的財産、そして環境問題の分野では国内トップの評価を受けている。

美大を卒業して三年、今年二十五歳になった芹花は法の知識などまるでなかったが、就職活動中に事務担当者の求人をしていることを知り採用試験を受けてみた。

当時、事務所のホームページのリニューアルが予定されていて、芹花は美大生で絵が得意なことと、パソコンのイラスト作成ソフトにも慣れていることがポイントとなり、採用された。

仕事にも慣れ、やりがいを感じている今でも、芹花は採用が決まったときのホッとした気持ちをよく覚えている。

絵が得意なことがきっかけで、有名法律事務所に就職できるとは、思ってもみなかった。もちろん、大学の友人たちにも驚かれた。

事務所のホームページの背景を担当しながら事務職として弁護士のサポートをしているが、日々の業務から学ぶべきことは多く、着実に成長しながら過ごしている。

そして今では実家の両親に仕送りもできるまでになった。

芹花が物心ついた頃には既に必死で働いていた両親には、そろそろ仕事を辞めてゆっくりしてもらいたいと思っている。けれど、音大入学を目指している芹花の妹・杏実《あみ》はまだ高校三年生だ。両親は彼女の学費のために、まだまだ仕事を続けるつもりでいるようだ。

芹花は、過去の切ない恋を思い出す、『小沢食品《おざわしょくひん》』を両親には辞めてもらいたいのだが、年齢を考えれば地域の雇用の大半を担っているこの工場以外に就職のあてはほとんどない。おまけに両親は今の仕事を気に入っていて、定年まで働くはずだ。

となると、当面の間は気持ちに折り合いをつけてやり過ごさなければならない。

芹花は目の前に広げたスケジュール帳を見ながら顔をゆがめた。

視線の先には、十二月二十日の欄に書かれている【イラスト集発売日】そして【結婚式】の文字。彼女はその文字を睨《にら》み、スケジュール帳をめくって最後のページに挟んでいるハガキに視線を落とした。

ふたつ折りのそれは結婚披露宴の招待状で、新郎の香西修《こうざいおさむ》は芹花が大学時代に知り合って二年前まで付き合っていた元恋人だ。

新婦の小沢礼美《れみ》は、芹花の高校の同級生であり両親が働く小沢食品の社長令嬢。彼女は芹花のスマホにあった修の写真を見てひと目惚《ぼ》れし、芹花になにも言わず修の会社に会いに行った。そして修も、読者モデルをするほどかわいらしい礼美に気持ちを揺さぶられたのか、彼女の押しの強さにあっけなく陥落した。

修が芹花に『別れてほしい』と告げたのは、芹花が礼美に修の写真を見せてからたった二週間後のことだった。

そのふたりが来月結婚する。それも、イラスト集の発売日に。

「どうかした？　なにか気になることでもあるのか？」

パソコンに向かいながら物思いにふけっていた芹花に、隣に座る弁護士の橋口《はしぐち》が声をかけた。

今年三十歳の若手だが、男性にしては優しい顔立ちと物腰の柔らかさが依頼者の心を掴《つか》む人気弁護士だ。三年前、芹花と共に事務所に採用されたいわゆる同期で、最初のうちは年齢差を気にして緊張していたが、今では橋口の人柄にもよるのか敬語も抜け、躊躇《ちゅうちょ》なく話せるようになった。

「天羽がぼんやりするなんて珍しいな。寝不足か？」

「ううん、大丈夫。イラスト集の発売がいよいよだと思ったら、ちょっと緊張してしまって」

それは嘘《うそ》ではないが、まさか修のことを話すわけにもいかず、笑ってごまかした。

「だよな。ホームページが話題になるだけならまだしも、まさかイラスト集まで出せるなんて思わないよなあ。ＳＮＳの影響ってすげーわ」

橋口は感心するように呟《つぶや》いた。

「天羽もまさか法律事務所に就職してイラスト集を出すなんて思わなかったよな」

「ふふっ。そうだよね」

自分のイラスト集が発売されるなんて、就職が決まったときと同様、夢のような話だ。

芹花が事務所で働き始めてすぐに描いた明るく優しいイラストがSNS上で評判となり、テレビや雑誌で取り上げられたことでさらに話題を呼んだ。ホームページは毎月新しいイラストに更新されるのだが、それを心待ちにするコメントも多く、事務所には誰が手がけたイラストなのかと問い合わせが多数寄せられた。

けれど芹花は頑なに名前の公表と顔出しを拒み、作者は非公表のまま三年近くが経った。にもかかわらず、その三年の間に公開したイラストをまとめたイラスト集を発売することが決まったのだ。

出版社から話が持ち込まれたとき、所長の三井は弁護士を身近に感じてもらえるきっかけになるのではと乗り気になり、芹花は断ることができなかった。

「でも本当に綺麗《きれい》」

芹花は手元にあるイラスト集の見本をそっと手に取った。

表紙には、色とりどりの傘が晴れ渡った青空をゆるやかに昇っていく様子が描かれている。どんなに悩んでも青空のように気持ちのいい世界が待っているから気張らず頑張りましょうという思いを込めた。

その思いは、事務所の弁護士たちが日々仕事を頑張る理由ともいうべきもの。傍らで彼らの熱意を感じていた芹花は表紙を新たに描き下ろすことになったとき、その熱意を絵にしようと決めた。

三井の長男であり事務所の次期代表である三井慧太《けいた》も、弁護士の存在意義は依頼者が幸せになるためのサポートだと考えている。そのため、芸能人顔負けの整った見た目のおかげでマスコミから注目を浴びているが、仕事に差し支えのない範囲で取材やテレビ出演の依頼を受けている。それもすべて、誰もが弁護士を気軽に利用できる流れを作りたいという考えからだ。

芹花は三井をはじめとする弁護士たちの考えに納得し、自分もそれを実践しなければと、イラスト集を出すことにしたのだ。

事務所に就職して以来、ホームページの制作に関わり、もちろん本来の事務仕事にも真面目に取り組んできたが、弁護士ではないことに疎外感を覚え、自分はこの事務所に必要なのか悩むこともあった。

けれど、このイラスト集の発売が決まって以来、事務所の中で自分の居場所を見つけられたように感じ、いっそう精力的に仕事に励んでいる。

法律で依頼者の悩みを解決することはできなくても、悩みを抱えている人が弁護士という味方を知るきっかけを作ることはできているのかもしれない。

そう思えるようになったのだ。


その後仕事を終えた芹花は、サンプルとして出版社の人からもらったイラスト集を持って自宅マンションの一階にある『月《つき》』というカフェにやってきた。

『月』は、この全十二戸の五階建てのマンションのオーナーである星野隆志《ほしのたかし》が経営していて、雑誌やテレビで取材を受けることもある人気店だ。

そろそろ閉店という時間のせいか珍しく他に誰もいない店内は静かで、カウンターに置いたイラスト集を見つけた星野の妻・美貴《みき》は「いよいよ発売なのね、おめでとう」と、芹花が注文していたハンバーグの皿を芹花の目の前に置いた。

「それにしても、いい記念になるわね。今度おいしいものをたくさん作るから発売のお祝いをしましょう」

弾む声で喜ぶ美貴の言葉に、芹花の心は温かくなる。

芹花が大学入学と同時に住み始めた今の部屋に卒業後も住み続けているのは、住み心地のよさも大きいが、なにより大家である星野夫妻が大好きだからだ。

夫妻の優しさに目が熱くなるのをごまかすようにモグモグとハンバーグを頬張っていると、店のドアが開いた。

「こんばんは。やっぱり、もう閉店ですよね？」

悔しげな声に芹花が視線を向けると、入口にスーツを着た三十歳前後の男性が立っていた。

細身で百八十センチはありそうなほどの長身で、そのスラリとした立ち姿だけでなく、切れ長の目や形のいい薄い唇がバランスよく配置されている顔も印象的だ。さらりとセットされている短めの髪は清潔感もあり、女性からの人気が高そうな雰囲気をまとっている。

「木島《きじま》さん、運がよかった。今日はハンバーグがもうひとつ残ってるんだよ。どうだい？」

星野は男性に明るく声をかけた。その横で美貴もニコニコ頷《うなず》いている。

ふたりの気安い口調から、彼も自分と同じくこの店の常連だと芹花は察した。

「え、本当ですか？　ぜひいただきます。今日は忙しくて昼も食べてないんですよ」

「まあ、相変わらず忙しいのね。さ、座って座って。すぐに用意するからしっかり食べてちょうだい」

美貴の軽やかな声に男性は嬉《うれ》しそうに笑うと、カウンター席に腰を下ろした。そして、スツールをひとつ挟んだ隣に座っている芹花の前にもハンバーグがあるのに気づいた。

「お互い、ハンバーグが残っていてよかったですね」

「あ、はい。えっと、おいしいですよね」

突然男性に声をかけられ、芹花は慌てて答えた。彼のあまりにも整った容姿が気になっていたが、そんな気持ちを見透かされているようで照れくさい。

「ハンバーグは売り切れていることも多いから、今日はついてるな」

弾んだ声とワクワクしている横顔に、芹花は見惚《みほ》れた。白いワイシャツに紺色のネクタイというよくある組み合わせだというのに、顔がいいとそれすら素敵に見える。

芹花はこのままずっと見ていたい気持ちをこらえて視線を手元に戻し、ハンバーグにナイフを入れた。

三百グラムの大きなハンバーグにはトマトソースがしっかりとからみ、口の中でじわりととろけた。この店一番の人気メニューだというのも納得だ。

「おいしい。幸せ」

あふれる肉汁を堪能しながら芹花が思わず口にした言葉に、男性は口元を緩めた。

「付け合わせのポテトもおいしいよね」

「そうですよね、私も大好きです」

続けて男性から声をかけられ芹花は慌てて答えた。すると口にしていたハンバーグが喉につかえ、小さくむせる。これほど見た目がいい男性に声をかけられることなど滅多にないのと、夢中で食べる様子を見られた恥ずかしさで体を小さくした。

慌てて水が入ったグラスに手を伸ばすと、芹花より早く男性が手に取り彼女に渡した。

「大丈夫か？　食べているのに声をかけて、悪い」

焦る男性に、芹花は水を飲みながら小さく首を横に振った。

「あ、大丈夫です……気にしないでください」

「芹花ちゃん、大丈夫かい？　あ、この人は木島さんといってね、相続関係のめんどくさいことをお願いしてる信託銀行の人なんだよ。銀行員っていうよりモデルみたいに格好いいだろ？」

そう言って男性を紹介する星野の声に、芹花は頷いた。

すると美貴が星野の横に立ち、意味ありげに言葉を続けた。

「木島さんはあの『木島グループ』の本家直系なの。いずれはグループの経営に関わることになる御曹司。おまけに男前。芹花ちゃんもそう思うでしょう？」

「あ、はい、確かに男前ですね」

美貴の押しの強さに芹花がドギマギしながら答えると、星野は人の好い笑顔を浮かべた。

「だろう？　見た目のよさは言うまでもないけど、仕事もできるし真面目ないい男なんだ」

「はあ……」

芹花は隣の木島が気になりながらも、男前だとつい口にしてしまったのが恥ずかしくて見ることができない。動揺を隠すようにひたすらハンバーグを食べ続ける。

「あ、木島さんにも紹介しておこうかな。彼女はこのマンションに住んでる天羽芹花さん。かわいらしいだろう？　それに優しくて絵も上手なんだ。ほら、これがもうすぐ発売される芹花ちゃんのイラスト集」

星野は芹花のイラスト集を手に取り男性に見せると、自分のことのように嬉しそうに笑った。

「え、これってまさか三井法律事務所のホームページのイラスト？」

木島は、星野から渡されたイラスト集を見ながら驚きの声をあげた。

「あの、ご存じなんですか?」

芹花は木島の反応にびっくりした。

「もちろん。イラスト集が出るってかなり話題になってるよね。俺も気に入ったイラストがあって……これこれ。このうまそうなタルト、何度見ても飽きないんだよな」

「あ……ありがとうございます」

それは、甘い物が好きな三井に連れていかれたタルト専門店でそのおいしさに感動した芹花が、ひと晩かけて描き上げたストロベリータルトのイラストだ。彼女の大好物のイチゴがふんだんに使われている絶品のタルト。写真さながらに描かれていて、見ればたちまち食べたくなる。

お礼のつもりで三井に見せたところ、即座に気に入られ翌月のホームページのイラストに決定してしまった思い出深い作品。法律事務所のホームページにどうしてタルトが載っているんだと話題を呼び、事務所に取材申し込みがいくつかあったと聞く。

「本当、おいしそうに描いてるな……」

木島は次々とページをめくり、何度も「これもいいよな」と呟いてはイラストに見入っている。

面識のない人に自分のイラスト集を見てもらえる嬉しさと恥ずかしさ。そして、ようやく込み上げてきた幸せ。

芹花よりも、三井を中心とした事務所の人や出版社の人たちのほうが熱心に制作を進めてきたせいか、なかなか現実のことだと思えなかった。しかしこうして食い入るようにイラスト集を見る木島の姿を目の前にして、いよいよ自分のイラスト集が発売されるのだと実感する。

「お待たせ。そのイラスト集のハンバーグもおいしそうだけど、こちらも負けてないわよ。熱いうちに召し上がれ」

美貴がハンバーグを木島の目の前に置いた。

「ゆっくり味わって食べてね」

「ありがとうございます。久しぶりのハンバーグ、おいしそうだな」

木島はウキウキとした表情でシャツの袖をめくり、ナイフとフォークを手にした。

「うまい。肉汁がこぼれるのがもったいないくらいうまい」

ハンバーグを頬張る木島の横顔につられ、芹花も再び食べ始める。

その後芹花がひと息つき水を飲んでいると、ひたすらハンバーグに夢中になっていた木島も綺麗に完食した。

よっぽどお腹が空いていたんだなと、芹花は小さく笑った。

銀行員らしい濃紺のスーツは見るからに上質で、椅子に置いたブリーフケースは事務所の弁護士たちも愛用するイタリアの老舗《しにせ》ブランドの物。上品で艶のある革が高級感をいっそう強く醸し出している。

そして左手首にあるのはスイスの高級腕時計。航空時計が有名なブランドのもので、中でも宝石が施されていない落ち着いたモデルだ。銀行員という職業柄、華美でないものを選んでいるのかもしれない。

芹花自身はそんな高価なものに縁はなく特に欲しいわけではないが、ベテラン弁護士には身の回りのものすべてにお金と気を遣っている者も多く、見る目と知識が養われていく。

木島が身に着けている物はどれもお高くて芹花には手が出ない物ばかりだ。彼本人の見た目も整っていて、まさに高級仕様。おまけに国内有数の企業グループの御曹司となれば、女性にもてると簡単に想像できる。

自分とは住む世界が違う人だと思った途端、芹花の心はなぜか沈んだ。

「芹花ちゃんの好きなマロンケーキを焼いたから食べてみて。明日のランチのデザートに出そうと思ってるのよ。味はどうかしら」

美貴の明るい声と共に、芹花の目の前にコーヒーとマロンケーキが置かれた。

「そろそろ栗《くり》の季節も終わっちゃうからたっぷり食べてね」

「ありがとうございます。マロンケーキ、久しぶりで嬉しいです」

芹花は目を輝かせた。

「美貴さんのマロンケーキ、栗がたくさん入っていて大好き。イラスト集にもマロンケーキの絵があるんです。……えっと」

芹花はさっきまで見ていたイラスト集をきょろきょろと捜した。そして木島の手元にあるのに気づき、手を伸ばす。

「あ、これ？　悪い悪い」

木島がイラスト集を手に取り、芹花に渡そうとした。そのとき、木島の手が水が入ったグラスに当たり、ガシャンと音を立てて倒れた。

「あ、まずい」

グラスに残っていた水がカウンターに広がり、木島は慌ててイラスト集を持つ手を上げる。おかげでイラスト集は濡《ぬ》れずに済んだが、カウンターに置いていた芹花のスマホが水浸しになってしまった。

「あ、スマホが……」

芹花は慌ててスマホを手に取るが、スマホ全体が水を浴びていた。ポタポタとしずくが落ち、画面は真っ黒だ。ハンカチで拭いても画面が戻る気配はない。水に濡れたときは電源を切ったほうがいいとなにかで読んだような気がして、電源を入れられずにいた。

「申し訳ない。俺の不注意だよな」

突然のことに芹花以上に驚いた木島は申し訳なさそうに眉を寄せた。

「それだけ濡れるとダメだよな。あ、試しに俺のスマホからかけてみようか。電話番号を教えてくれないか？」

芹花は首を横に振った。

「いえ、いいです。気にしないでください。これ、大学の頃から使っている古いモデルで防水仕様でもないし、寿命ですよきっと」

「だけど、俺のせいで……」

「本当にいいんです。そろそろ機種変更しなくちゃって思っていたので気にしないでください。それより、イラスト集を守ってくれてありがとうございます」

芹花は濡れたスマホをカウンターに置くと、木島の手からイラスト集を受け取った。サンプルだとはいえ、ほぼ完成している大切なイラスト集が無事でほっとする。

「芹花ちゃん、大丈夫？」

　美貴が倒れたグラスを片づけ、布巾でカウンターを拭く。

「はい。グラスが割れなくてよかったです。でも、すみません。閉店しているのに仕事を増やしてしまって」

　芹花は頭を下げて恐縮する。木島も「すみません」と口にした。

「いいのよ。ケガがなくてなによりだわ。だけどスマホがないと不便ね。お仕事とか大丈夫かしら」

「大丈夫です。明日はお休みなので、午前中のうちにショップへ行ってきます」

　四年ぶりの機種変更だ。今のスマホはかなり進化しているだろうと想像して、芹花はワクワクする。

　すると、しばらく考え込んでいた木島が口を開いた。

「俺に、スマホを弁償させてもらえないか？」

「え？　弁償？」

「ああ。俺が気をつければ良かったんだから当然だ」

　木島は芹花の隣のスツールに移動し、彼女に向き合った。

「明日一緒に店に行くから、好きなスマホを選んでくれ」

「いえ、弁償なんて。本当に気にしないでください」

「普通、気にすると思うけど」

「え……」

芹花はそれ以上なにも言えず口ごもる。あっという間に距離を詰めた木島の勢いに気圧《けお》され、おまけに目の前には端整な顔。強い意志を含んだ切れ長の目で見つめられれば息が止まりそうにもなる。

「とにかくスマホは自分で買います。誰のせいでもないですし、弁償なんて必要ありません」

ぶんぶんと首を横に振り必死で断るが、木島は「そう言わず。気楽に考えてほしい」と聞き流す。

「それに、俺も三井法律事務所のホームページのイラストのファンなんだ。だからイラスト集発売のお祝いということで、明日はスマホを買いに行こう」

事もなげにそう言ってにっこりと笑う木島を芹花は理解できない。

星野と美貴にイラスト集を見せようと立ち寄っただけなのに、思いもよらないこの展開。どうしてこんなことになったんだろう。

芹花は何度か首を横に振り気持ちを鎮める。そして目の前に置かれたコーヒーを飲んだ。

「あ、熱いっ」

ぼんやりしたまま飲んだせいで、淹《い》れたてのコーヒーの熱さに思わず声をあげた。

「大丈夫か？」

木島が芹花の顔をのぞき込んだ。

「ほら、水を飲んで。火傷《やけど》はしてないか？　だけど見た目どおりぼーっとしてるんだな」

笑いをかみ殺している木島に芹花は顔をしかめた。ぼーっとしてるなんてこれまで友達から何度も言われてきたが、初対面の人にまで指摘されるとは心外だ。

口に残る熱を我慢しながら睨むように目を細めると、その顔すら楽しむように木島の笑い声が響く。

「そんな顔して睨んでも、かわいいだけだぞ」

「な、なにを言って」

普段言われ慣れていない言葉に芹花はあわあわと顔を赤くし、同時に女性が喜ぶ言葉をスラスラ口にする木島に少しガッカリした。これまでどれだけ多くの女性と付き合ってきたのだろうと勝手に想像し落ち込んでしまう。

けれど、これだけ容姿が整っていればそれも当然かもしれない。

芹花は気を取り直して木島を見る。

すると木島はコーヒーと一緒に用意されていたアイスをスプーンに載せ、芹花の口元に寄せた。

「アイスで口の中を冷やせば？　ほら、あーん」

芹花の目の前でスプーンを揺らす木島は真面目な顔を装いつつも、恥ずかしくて顔を赤くする芹花を面白がっている。

芹花は木島の顔とアイスを交互に見ながらどうしようと困るが、口の中に残る熱のわずらわしさとおいしそうなバニラアイスを目の前にすれば答えは決まっている。

「じゃあ、いただきます」

芹花は控え目な口調で言って、アイスだけに集中しながらぱくりと口にした。その途端口の中に甘さと冷たさが広がり、火傷などあっという間に忘れてしまう。

「んー。おいしい」

目を閉じて味わう芹花を木島は優しい目で見つめた。

肩より少し長い艶のある黒髪。二重まぶたの瞳はくりくりしていて、薄化粧のせいか学生と言っても通じる。全体的に華奢《きゃしゃ》で、身長も百五十五センチくらいで小柄だ。

派手ではないが、落ち着いた愛らしさと明るい笑顔は周囲の目を惹《ひ》きつける。木島もその笑顔にあっという間に目を奪われたひとりだ。店に入った瞬間、カウンターに座る芹花が目に入り、その穏やかなたたずまいと星野たちと楽しげに話す横顔から目が離せなくなってしまった。

「かわいいな」

思わず口を衝いて出たような言葉に、木島は照れる様子もない。

一方、芹花は木島のにこやかな笑顔に、今のは聞き間違いかと首をかしげた。そして再びアイスを載せたスプーンが目の前に現れると、誘われるように口を開いた。しかしさっきよりも量が多かったのか口の中がアイスであふれてしまう。

「……んっ、おいしい、けど」

どうして一度にこれほどたくさんのアイスを食べさせるんだと困った顔を見せるが、すぐにアイスは溶け、彼女は落ち着きを取り戻す。

ホッとした芹花を、木島は楽しそうに見つめた。

「わざと？」

芹花は眉を下げ、問いかける。

きっと大きな口を開けて食べる芹花を見て楽しんでいたに違いない。

悔しくなった芹花はスプーンに山盛りのアイスを載せ、木島の目の前に差し出した。

「お礼です。はい、どうぞ。あーん」

木島と同じようにスプーンを目の前で揺らしてみるが、今にもスプーンからアイスがこぼれ落ちそうだ。これほど整った見た目の男性がまさか大きな口を開けてまでアイスを食べることはないだろうと考え、芹花はにっこり笑った。

「大きく口を開いて綺麗に食べてくださいね」

軽やかな口調の芹花に木島は「じゃ、遠慮なく」と応じ、スプーンを持つ芹花の手首をぐっと掴んだ。

「え、え、なに？　どうしたんですか」

木島の手を振りほどこうとするが手首はぴくりとも動かない。訳がわからず焦るが、彼が芹花の手を放す気配はない。

「じっとしてろよ。お望みどおり綺麗に食べられないだろ？」

決して命令口調ではなくどこか艶っぽさを感じる声音に、芹花は思わず従った。

「よし。いい子だな」

木島は芹花の目を見つめたまま顔を寄せた。芹花は視線を逸らせない。

そんな芹花に気づいているのか、木島は見せつけるようにアイスを口にした。芹花の目の前で、唇で甘噛《あまが》みするように何度もなめる。

「思ったより甘いな」

食べ終えた木島は、唇に残ったアイスを舌ですくい取った。

あまりにも色気のある一連の動きに、芹花の体は魔法にかかってしまったかのように固まった。

「ごちそうさま。やっぱり美貴さんが用意してくれるものはなんでもおいしいです」

芹花の手首を掴んでいた木島の指がそろりと彼女の肌を撫で、ぴくりと体が揺れる。

「や……」

小さな刺激に大きく反応し声が漏れた。掴まれていないほうの手で思わず口をふさぐ。

「えっと、あの」

芹花が沈黙に耐えられず意味のない言葉を口にすると、木島はふっと息を吐き出した。

「ごちそうさま」

絡み合うふたりの視線はアイス以上に甘さを含んでいた。

芹花と木島が一緒に過ごす時間は翌日も続いた。

昨夜の約束どおりスマホの機種変更にふたりで出向いたのだが、本体の費用をどちらが支払うかで揉《も》めた。木島は自分が費用を一括で支払うと言い張ったが、芹花はやんわりと、それでいて頑なに断った。

たとえ彼が大企業をいくつも経営し経済界に大きな力を持つ木島グループの創業家の直系という恵まれた生まれだとしても、それは今回のこととは関係ない。昨夜美貴から木島の素性を聞いて驚いたのは確かだが、それとスマホの件は別の話だ。

どうしても自分で払うと言う芹花を、木島は「だったらこうしよう」と夕食に誘った。

木島が芹花を連れてきたのは、『志乃《しの》だ』という日本料理の有名な店。高級住宅街の中にある大きな日本家屋の店構えは、その伝統的なたたずまいゆえに一見《いちげん》さんお断りという印象を与え、芹花にはまったく縁のない場所だった。

既に部屋と料理が予約されていて、店に着けばすぐに十畳ほどの和室に通された。

木島は料理長がその日仕入れた食材で作るおすすめコースを頼んだのだが、ギンダラの西京焼きや野菜の炊き合わせなど次々運ばれてくるおいしい料理に、芹花は感嘆の声をあげ舌鼓を打つ。

「気に入った?」

「はい、どれも絶品です」

向かいに座る木島は、テーブルに並ぶ料理を順に平らげていく芹花を面白そうに笑った。

木島をあてにすることなくスマホの代金を自分で支払い、御曹司だと知っても態度を変えない芹花を新鮮に感じる。

木島悠生の顔と名前は世間にも知られていて、財閥系の大企業グループの御曹司との未来を夢見る女性たちから常に狙われている。

学生時代はそんな自分の立場を軽く考え女性と楽しむこともあったが、いざ仕事に就けば、今後自分が背負わなくてはならない重責とグループ内の社員やその家族たちへの責任を知って体は震えた。それからは安易な気持ちで女性と付き合うことはなく、仕事に重きを置いて生きてきた。

いずれは兄を支えるために、大学を卒業して以来働いている信託銀行から、グループで最大の収益を上げている重機器部門に移ることになる。今の仕事にやりがいを感じているせいで気乗りしないが、兄と共にグループを発展させるためには仕方がないとあきらめていた。

「本当にありがとうございます。料亭なんて初めてで、かなり興奮してます」

いくつか料理を食べて少し落ち着いたのか、芹花が姿勢を正して頭を下げた。

「いや、俺も久しぶりに来たかったからちょうどよかった。それにスマホの代金にはまだ足りないくらいだし」

「それはもういいんです。私も働いてしっかり稼いでますから安心してください。とはいっても、こんな高級なお店に自分のお財布で来る機会はこれからもないと思いますけど」

肩をすくめた芹花に木島も笑顔を返した。

「夕べはおいしいハンバーグを食べて、今日は木島さんにこんな素敵な和食をごちそうしてもらえるなんて。本当に幸せです。今月は出費が多かったし来月は結婚式もあるので地味な手料理で過ごさなきゃって思ってたから……あ、すみません。木島さんには関係がないというか……その」

芹花は口を閉じ、照れくさそうに笑った。

酒に強い芹花だが、慣れない高級店での食事に緊張しているのかもしれない。おまけに目の前にはかなりハイレベルな男性。多少酔いが回り、言わなくていいことまで口にしても仕方がない。

「よく食べるし、意外と酒に強いんだな」

「ふふっ。ばれちゃいましたね。両親も強いのでその血を引いているのかもしれません」

木島はテーブルの端に置かれている徳利《とっくり》を手に取り、芹花と自分のグラスに注いだ。

「おいしい料理をおいしそうに食べて、酒もきちんと楽しめるんだな。見ていて気持ちがいいよ」

芹花は中身をこぼさないよう慎重にグラスを手に取った。

「いただきます」

芹花はゆっくりと日本酒のうまさを堪能した。

「けっこう辛口《からくち》ですね。ん。おいしい」

味わうように目を閉じ、口の中に広がる豊潤で切れのある辛《から》さを味わう。昨日出会って以来ずっと硬い表情を浮かべ、緊張感が抜けきらない様子を見せていた芹花だが、ぎこちなさが消えつつあった。

木島は再び箸を手に取り料理を口にする芹花を優しく見ている。酒の力があるとはいえ、楽しそうに食事を進める彼女から目が離せない。

「ここにはよく来るんですか？　子供の頃からこういう店には家族で来たりして慣れてるんでしょうね」

芹花はそう問いかけ、伊勢海老《いせえび》のお造りのおいしさに目を細めた。

「まさか、こういう店には仕事を始めてから来るようになった。というより、家族で出かける機会って滅多になかったな」

「え、そうなんですか？」

箸を休めず、芹花は視線だけを木島に向けた。

「父親は社長として忙しくしていたし、母親はお嬢様育ちでなにもできない世間知らず。父に愛されることが唯一の仕事みたいな感じでさ、今も昔も息子たちは二の次で家族揃《そろ》って食事に出かけることはなかったんだ」

「二の次……」

美貴から木島が大企業の御曹司だと聞いて自分とは縁遠い世界に住む男性だと理解していたが、食生活だけでなく親子関係も自分とは違うらしい。

自分の子供時代を思い出しながら芹花は黙り込んだ。

大手食品会社の生産工場で働く両親と妹の四人で暮らしていた芹花は、経済的な余裕がない中でも家族揃って楽しい毎日を送っていた。つつましい生活の中に愛情と笑顔があった。

「でも夫婦の仲がよすぎて、木島さんとお兄さんは照れくさくて仕方がなかったですよね？」

「え？　照れくさい？」

芹花の言葉に、木島が意外そうな表情を浮かべた。

確かにいつまでも相手への強い愛情を隠そうとしない両親のそばにいると照れくさくて仕方がないのだが、そんな気持ちを見抜かれるのは初めてだ。家族の話をすれば、大抵の人は両親の子供たちへの愛情が希薄だったと思い込み、木島と兄に同情に似た感情を抱いた。

「実は私の両親もそうなんですよね。いつも仲よくふたりで家事をこなすし職場も一緒。片時も離れたくなくて同じ職場で働いてるんです。子どもの目を気にしない仲のよさを見せつけられて、私や妹のほうが照れくさかったんです」

芹花は残っていた酒を味わった。さっぱりとした辛さが口の中に広がり、幸せな気持ちになる。

「といっても、両親のおかげで大学にも通えたし感謝してるんです。それに、妹は音大に行きたがってるからまだまだお金も必要だし」

芹花はそこまで話したとき、両親が杏実のピアノの才能に気づいて以来、彼女にかかりきりになっている姿を思い出して黙り込んだ。

決して楽しい思い出ではなく普段は忘れているのだが、今日に限って記憶がよみがえり胸はきゅっと苦しくなる。けれど、そんな感情は今が初めてではない。芹花は胸に巣くう黒い感情をすぐに押しやり笑みを浮かべる。

「それにしても、鯛《たい》やら伊勢海老。松阪牛《まつさかうし》まであるし。今日は一年分の食の運を使い果たした気分です」

芹花は気持ちを変えるように、明るい声をあげた。

「一年分の運なんて大げさだな。そんなに気に入ったなら、また連れてきてやる」

「とんでもない。今日だって申し訳ないのに」

芹花が必死で遠慮するのにも構わず、木島は言葉を続ける。

「本当なら俺がスマホを弁償するべきなのに、自分でとっとと分割払いの手続きを済まされたらごちそうしたくなるのも当然だろ」

強い口調の木島に、芹花は首を横に振った。

「十分すぎるほどごちそうしていただいて申し訳ないくらいです」

芹花は滅多にないこの素晴らしい機会を心から満喫していた。

けれど、障子で閉めきられた和室に木島とふたりきり。ふとこの状況を考えれば、我に返ったように口数も減る。

どうしてこんな格好いい男性と差し向かいで食事をしているんだろう。それも、政治家や有名芸能人御用達だという高級店で。

「どうした？　口に合わないものでもあった？」

黙り込んだ芹花の顔を木島が心配そうにのぞき込んだ。

「い、いえいえ、とんでもない。どれもこれもおいしくて持って帰りたいくらいです」

芹花は目の前にある木島の綺麗な顔に頬が赤く染まったような気がしたが、それはお酒のせいだと自分に言い聞かせた。

「このあと鯛めしが出るけど、食べられる？」

「え？　鯛めし大好物です」

木島の言葉に、芹花は明るい表情で何度も頷いた。

「俺も。実は、ここに連れてきたのも鯛めしが食べたかったからなんだ」

「それほどおいしい鯛めしなんですね。楽しみです」

木島に多少の緊張感を覚えていた芹花だが、鯛めしと聞いて再び朗らかな笑みを浮かべる。そのとき、スマホの着信音が部屋に響いた。

芹花がバッグからスマホを取り出すと、母親からの電話だった。

「あの、すみません。母から電話がかかってきて……もしもし、母さん？」

芹花は悠生に頭を下げながら電話に出た。

《芹花？　久しぶりだけど元気にしてる？　今日はお休みでしょ？》

「え？　あ、うん、仕事は休みなんだけど、あの、今――」

突然母の滑舌のいい大きな声が部屋に響き、芹花は焦った。

テーブルに置いたスマホを凝視しつつもとりあえず母の問いに答えるが、なぜかスピーカーモードになっていて母の声は芹花だけでなく木島にも聞こえている。

「わあ、どうしよう。新しいスマホだから使い方がよくわからない」

助けを求めて木島を見れば、焦る芹花を面白がり声をこらえて笑っている。

《芹花？　どうしたの？　新しいスマホに変えたの？　前のスマホはかなり古くて充電もままならなかったものね》

「そ、そうなの。さっき機種変更したばかりで」

慣れないせいでスピーカーモードのまま会話を続けているとは言えず苦笑した。

《今のスマホは便利な機能もついてるから機械音痴の芹花には大変ね。来月結婚式でこっちに帰ってきたら見せてね》

「……あ、そうだ、結婚式……。うん。わかった」

母の言葉に芹花は表情を曇らせ唇をかんだ。忘れていたわけではないが、来月結婚式に出席するため地元に帰るのだ。

《でね、電話したのはその結婚式のことなんだけど》

「ん。どうしたの？　なにかあ……った？　え？」

芹花がふと視線を上げれば、硬い表情の木島が彼女をじっと見つめていた。というより睨みつけているようだ。

「あ、あの、どうしたんですか？」

芹花は思わずスマホを両手で覆い、小声で木島に話しかけた。

今日一日、絶えず穏やかな表情と軽やかな会話で芹花を和ませていたというのに、どうしたのだろう。

すると、木島は表情を崩すことなく口を開いた。

「結婚。するのか？」

「え？」

「来月、結婚式なんだろう？」

木島は苦々しい口調で問いかける。

「あの、結婚するのではなくてですね」
どう説明しようか考えていると、手で覆ったままのスマホからくぐもった声が聞こえてきた。
《芹花、どうしたの、なにかあったの？》
母親の大きな声に、芹花はハッと我に返った。
「あ、あの、母さん。今ちょっと友達と食事中だから、あとでかけ直してもいいかな。ごめんね」
木島は相変わらず機嫌が悪そうで芹花は急いでスマホを切ろうとするが、《ちょっと待って》という母親の声に動きを止めた。
《綾《あや》ちゃんのお母さんから聞いたんだけど、礼美さんの披露宴の受付が決まらないって綾ちゃんが悩んでるらしいの。だから、一度電話してあげて》
「そうなの？」
《綾ちゃん、二次会の幹事も引き受けてるんでしょう？　芹花は地元にいないからなかなか協力できないだろうけど、あなた一番の友達なんだし、一緒に考えてあげなさい。いいわね》
「あ、うん……わかった」

芹花は小さな声で答えた。

綾子《あやこ》は小学校からの親友で今は地元の図書館で司書をしており、今も頻繁に連絡を取り合っている。

「あ、母さんわざわざありがとう。父さんと杏美にもよろしくね」

芹花は思い出したようにスマホに向かって声をあげた。

《はいはい。じゃあね》

会話が終わり、スマホの画面が待ち受けに変わった。

「早く使い方を覚えろよ。ここをタップしてこうすれば……ちゃんと話せるし、切るときは右側のこれ」

淡々と説明する木島に芹花はうんうんと頷く。

「俺のスマホと同じ機種だから、わからないことがあれば聞いてくれ」

「うん……あ、はい。すみません」

芹花は恐縮しながら頭を下げスマホを受け取ろうと手を伸ばした。けれど木島はなにを思ったかひょいとスマホを上に掲げ、そのまま操作し始めた。

「あ、あの？」

「ついでに俺の連絡先を入れておく。なにかあればかけてきていいから」

「あ、はい。すみません」

芹花はなんのついでだろうかと思いつつも口元が緩んだ。木島との縁がこれからも続くかもしれないと感じて、嬉しくなったのだ。

「俺の電話番号と、メールとＬＩＮＥのやりとりもできるようにしておいたから」

「なにからなにまでありがとうございます……」

芹花は向かいにいる木島に視線を向ける。

すると木島は立ち上がり、ゆっくりと芹花の隣に回って腰を下ろすと彼女にスマホを手渡した。

「仕事は忙しいけど、ＬＩＮＥやメールにはなるべく早く返事をするから」

「あ、あの……？」

訳がわからず首をかしげた芹花に、木島はふっと笑った。

「またおいしいものを食べに行こうって誘ってるんだけど」

「あ、はい。ぜひ、行きたいです」

芹花は即答した。おいしいものも魅力的だが、木島とまた会えるのだとウキウキとした声を隠せない。

芹花はあっさりと自分の思いを口にしたことにハッとし、恥ずかしさをごまかすように手の中のスマホに視線を落とした。アドレス帳を見れば、『木島悠生』という名前が加わっている。

「悠生って、呼びやすくて素敵な名前ですね」

決して短くはない時間、酒を飲み続けているせいか芹花はなめらかな口調で『悠生』と口にした。

木島はニヤリと笑った。

「気に入った？　だったらこれからは、名字で呼ぶのは禁止。悠生って呼んでくれ」

「は？　悠生……？」

「そう。この名前、気に入ったんだろう？　だったら遠慮せずにそう呼べば？」

「え、でも、それはちょっと」

芹花は慌てて首を横に振った。

顔を赤くし姿勢を正しながら服を整える芹花に、木島は目を細めた。

「芹花」

突然呼び捨てにされ、芹花はぴくりと体を震わせた。男性から呼び捨てにされることに慣れていないのだ。

「芹花。……俺に負けず、いい名前だな」

再び呼び捨てにされ、芹花の鼓動はトクトクと速くなった。

「木島さんなんて呼ばれると、嫌でも家業を意識するし窮屈だ」

「そうですね……」

「だから悠生って呼んでほしいんだ」

言い聞かせるような声に、芹花は納得したように頷いた。

「悠生」

呼び捨てにすることに抵抗はあったが、さんづけすることも嫌がっているような気がして、そう口にした。もちろん、恥ずかしくてたまらない。

「芹花がものわかりのいい女でよかったよ」

お返しにとばかりに呼び捨てにされ、ときめいた。

ホッとした表情を見せる芹花に、悠生はいたずらめいた表情を浮かべると、問い詰めるように顔を近づける。

「で、結婚式ってどういうことなんだ？」

「うっ……」

芹花は声をつまらせた。来月の結婚式のことを思い出せば途端に気が重くなるのだ。

「まさか芹花が結婚するわけじゃないよな？」

強い口調の悠生に、芹花はぶんぶんと首を横に振った。

「結婚するのは私じゃなくて。えっと、地元の友達なんですけど……」

芹花は言葉を濁し、気まずそうにうつむいた。

悠生は怪訝《けげん》そうな表情を浮かべた。

「地元の友達って、新郎？　新婦？」

「新婦です。高校の友達なんです」

次第に小さくなる芹花の声に、悠生は眉を寄せる。

「もしかして結婚式に行きたくないのか？」

「あの、そういうわけではないんですけど」

できればこれ以上突っ込まれたくないなと思いながらチラリと悠生に視線を向けるが、悠生にそのつもりはないらしい。

「ふーん。気が進まない結婚式ってことは、新郎は芹花の昔の恋人、なのか？」

「え、どうしてそれを？」

「ふーん、やっぱりそうか。芹花のその顔を見れば想像するのは簡単だ」

芹花は力なく肩を落とした。

頬にかかった芹花の艶やかでまっすぐな黒い髪を悠生は荒い仕草で払った。

いきなりのことに芹花はハッと悠生を見るが、なぜか不機嫌な表情で芹花を睨んでいる。

「あの？」

突然機嫌が悪くなった悠生に芹花は戸惑い、座ったまじりじりと後ずさる。けれど、それに構わず悠生は距離を詰める。

「元恋人の結婚式なんて行きたくないよな」

「いえ、そんなことはなくて……それに、欠席できないし……」

「だったら、その元恋人に未練があるんだ」

「未練なんてまったくないです」

芹花はキッパリとした口調で言い返した。振られた当初は仕事にも多少の遅れが出るほど傷つき落ち込んだが、別れて二年以上が経った今ではもうすっかり立ち直っている。

「確かに元恋人の結婚式に出席するなんて嫌だけど。地元の友達みんなが集まるし、私だけ欠席したら気を遣わせるから」

「へえ。俺だったら昔の恋人を結婚式に呼ぶなんて考えられないけど」

「普通はそうなんですけど……」

悠生の低い声と不機嫌な顔に芹花は混乱する。そして、ぼそぼそと話し始めた。

「修くん……あ、元恋人とは大学のときから、就職してからも一年ほど付き合ったんですけど、私のスマホにあった彼の写真を見た同級生の礼美がひと目惚れして、私に内緒で会いに行って。修くんは私より礼美を選んで……結局私は振られてしまったんです」

過去の苦しい感情を思い出し、芹花はまとまりのない言葉ばかりを口にした。けれど時間が経っているからだろうか、以前ほどの痛みや悲しみは感じなかった。

「披露宴には出たくないけど新婦は私の高校の友達で、おまけに両親が働く会社の社長の娘だから気まずくなるわけにはいかないんです」

芹花は唇を引き締め、あふれる切なさをぐっとこらえた。

「父さんと母さんは修くんと私が付き合っていたことは知らなくて、おまけに修くんは養子に入って将来は小沢食品の社長になるだろうし、本当、面倒でやっかいで」

なにを言ってるんだろう。

明らかに興奮している自分に、芹花はうんざりした。事情を知らない、会ったばかりの悠生にこんな愚痴のような言葉を並べる自分が情けなくなる。

「その修って男に未練はないんだろ？」

探るような悠生の声に、芹花は即座に反応した。

「ないです。もちろん、別れてすぐは落ち込んだけど。それは突然礼美に心変わりされた悔しさというか自分は愛される価値のない人間なのかなって悲しくなって……」

「だったら」

悠生は芹花の言葉を遮ると、自然な動きで芹花の頬を撫でた。

「な、なにを……」

驚いた芹花の頬はあっという間に桃色に染まったが、悠生は気にすることなく芹花を壁際にじりじりと追い詰めた。

「あ、あの、木島さん？　どうしたんですか？」

芹花は自分の頬に置かれた悠生の手から離れようとするが、その力には敵わない。いつの間にか壁に押しつけられた体は身動きが取れず、目の前には悠生の端整な顔があった。

「木島さん、お酒に酔っちゃいましたか？　い、いったん離れましょう」

裏返った声で諭しても、悠生はニヤリと笑うだけで離れる気配はまったくない。それどころかさらに距離を詰めた。

「あれくらいの酒で酔うほど弱くない。それに、木島って呼ばれたくないって言っただろう？　で、俺のことはなんて呼ぶんだ？」

甘すぎる声が耳元に落とされ、芹花の体は力なく崩れる。そのまま倒れるように壁に体を預けた。

「ゆ、ゆうき……」

芹花は、相変わらず間近に見る悠生の顔から視線を逸らした。吐息すら感じられるほどの密な距離感に耐えられそうもない。

どうして悠生がここまで自分の近くにいるのだろう。それも意味ありげに指先を動かし、私の頬や首を刺激している。

芹花はとにかく落ち着こうと浅い呼吸を繰り返すが、トクトクと速まる鼓動に比例して体温も上がっていくようだ。

「あの、少し離れてください……」

どうにか気持ちを整え、おずおずと視線を上げたとき。

それまで首筋を撫でていた悠生の手が芹花の肩に回され、ぐっと力が入った。

「え、え？」

戸惑う芹花に構うことなく悠生は芹花を抱き寄せると、ふたりの頬を合わせた。

「な、なに」

バタバタと慌てる芹花に構わず、悠生は空いていた手で芹花のスマホをテーブルから取り上げた。

「あ、私のスマホ」

芹花は悠生からスマホを取り返そうと手を伸ばすが届かない。

「ほら、ちゃんと見て」

悠生はふたりの頭上にスマホを掲げた。

「その修くんに、芹花を手放したことを後悔させてやろう。俺ならその相手に不足はないだろう?」

耳に直接届いた悠生の言葉は甘く、芹花の体は大きく震えた。これまで修と付き合った以外、友達であれ男性と親しくした経験のない彼女にとって、この展開は現実とは思えない。悠生に抱き寄せられたまま、息を詰めた。

「撮るぞ。その赤い顔でスマホを睨んでみろ」

「撮るって、どうして」

芹花が少しでも顔を動かせば、悠生の唇は彼女のそれに重なりそうなほどに近い。それでも恐る恐る顔を上げ、悠生の言葉に従ってスマホに視線を向けた。

肩に感じる悠生の体温、頬が触れ合う親密な距離、すべてにどうしようと心で繰り返しながら数秒を待てば……。

「俺が芹花をいじめてるみたいだな」

スマホの画面には、寄り添う芹花と悠生の顔が映っていた。余裕の笑みを浮かべる悠生に抱かれた芹花の顔は桃色で、目は潤んでいる。

普段鏡で見る自分とは別人のような表情が恥ずかしくてたまらない。

「いじめっ子……」

芹花の言葉に悠生は気を悪くした様子もなく、それどころか嬉しそうに笑い声をあげた。

「いじめっ子の本音は昔から決まってるんだよな」

「……は？」

「まあ、それは少しずつ小出しにして焦らすつもりだけど。とりあえず連写でいくか」

悠生の呟きと同時にスマホからシャッター音が続いた。

芹花はどうしていいのかわからないまま、ひたすらスマホを見つめた。

泣きそうな顔で唇をかみしめる芹花をチラリと見た悠生は、くくっと肩を震わせた。

そしてスマホの画面を操作し、今撮ったばかりの写真を確認する。

「泣きたくなるほど、俺の隣にいるのが嬉しそうだな」

「は?」

「ほら、見てみろよ」

芹花がスマホをのぞき込めば、迷いのない笑顔の悠生に抱き寄せられ照れたように顔を赤くした芹花が写っていた。決して嫌がる様子はなく、悠生のそばにいることに満足しているように見える。

「これが私……」

予想もしていなかった自分の幸せそうな姿。芹花はまじまじと画面に見入った。

「やだ」

芹花は両手で顔を覆い、心で何度も『なんなのもう、どういうこと?』と繰り返す。まるで悠生の恋人のようではないかと、恥ずかしくて照れくさくて息苦しい。

「結婚式の前に友達にこの写真を送って、とっくに極上の恋人がいるんだって自慢しておけば?」

「……え?」

「なかなかいい考えだろう」とニヤリと笑う悠生に、芹花は言葉を失った。

# 第二章　近づきすぎて怖くなる

「こんな週末を過ごすとは思ってもみなかった」

自宅に帰りお風呂を済ませた芹花は、アロマオイルの香りを楽しみながらこの二日間の緊張を解いていた。

心身共に慌ただしく、気を休める間もなく過ごした体は凝りに凝っている。ソファに寝そべりながら、ふうっと息を吐き出した。既に日付が変わり普段なら眠りについている時間を過ぎても、眠気を感じない。

「明日も仕事が休みでよかった」

志乃だでの食事を終えたあと、芹花と悠生は木島グループが経営している高級ホテルのラウンジでお酒を楽しんだ。

ラウンジの上質な内装と心地よい音楽に包まれながら飲むカクテルは、とてもおいしかった。一緒に出されたベルギー王室御用達だというチョコレートも絶品で、舌がとろけそうな味わいに感激した。

「二度と経験できない、夢のような時間だった……」

芹花はうっとりとした声で呟いた。そして、そばに置いていたスマホを手に取りホームボタンを押した。

「うっ……心臓に悪い」

画面には、頬を寄せ合っている芹花と悠生が写っている。志乃だで悠生が自撮りした写真の中の一枚。撮り終えたあと悠生がスマホを勝手に操作し、ふたりの写真を待ち受けに設定したのだ。

芹花は画面の中の悠生をじっと見つめた。数時間前に別れたばかりだというのに今すぐ会いたくなるのはどういうことかと首を横に振る。そして、ふたりで夜景を楽しみながらグラスを合わせた時間を思い出す。

芹花がこの先二度と足を踏み入れることなどないだろう一流ホテルに、悠生はしっくりなじんでいた。

彼は自分とは違う世界に身を置く人だと改めて実感して胸がきゅっと痛んだ。スマホの中で笑う悠生を見つめるだけで満足しなきゃと、自分に言い聞かせる。

「本当に格好いい。もてるだろうな……いろいろ慣れてたし」

雑誌の取材を受けることもあるほどの見た目のよさとセレブな生まれ。女性が放っておくわけがない。

今も特別な人がいるかもしれないと切なさを感じたとき、スマホにメッセージが届いた。

「あ、綾子から。こんな夜遅くまで起きていたんだ」

家に帰ってすぐ、芹花は綾子にメッセージを送った。悠生との食事の最中に聞いた母親の言葉が気になっていたのだ。同級生も多く出席するはずの礼美の披露宴で、どうして受付が決まらないのかわからない。

綾子から届いたメッセージには、【今電話をしてもいい？】と書いてある。

急いでいるのかもしれないと芹花が電話をかけると、綾子はすぐに電話に出た。

《芹花？　夜遅くにごめんね。起きてた？》

「うん、大丈夫。それより、礼美の結婚式の受付が決まらないの？」

《そうなの。同級生みんなに声をかけたけど、なかなか決まらなくて面倒くさい》

綾子はずっと我慢していたかのように大声で叫んだ。

「どうして決まらないの？　綾子は披露宴でスピーチも頼まれてるんでしょう？　それに二次会の幹事もするって聞いたけど」

《頼まれたっていうか、私以外誰も引き受けないってわかってる礼美に押しつけられたのよ》

綾子は大きなため息をついた。

「どうしてみんな引き受けないの？　だったら私が引き受けようか？」

《バカじゃないの？　自分の元カレの結婚披露宴で受付なんておかしいでしょ》

「まあ、新郎新婦も気まずいだろうけど」

芹花は口ごもった。

綾子は《ほんとお人よしなんだから》とぶつぶつ呟く。

《礼美って、よっぽど自分たちの幸せな姿を芹花に見せびらかしたいの？》

興奮している綾子の声に芹花は苦笑した。

「そんなことないと思うけど。地元の同級生みんなを招待してるから、私ひとりを呼ばないわけにはいかなかったんじゃない？」

《それだけじゃないでしょ。礼美って親の力をちらつかせて自分の思いどおりにやってきたんだし。地元で就職する子たちは機嫌を損ねないように気を遣ってさ。芹花だって社長の娘じゃなきゃ平手打ちのひとつやふたつ、礼美と元カレにしてやれたのに》

ひと息で言い切った綾子に、芹花は「綾子だったらひとつやふたつで終わらないね」と笑った。

今綾子の言ったことは、地元の多くの人が思っていることだ。

大学進学と同時に地元を離れた芹花でさえ、両親が小沢食品で働いていることから礼美と接するときには多少の緊張があった。修が芹花と別れ礼美を選んだときに芹花がなにも言えずにいたのも、そんな事情が影響したことは否定できない。

けれど修と別れてしばらく経ち気持ちが落ち着いてきた頃には、その事情とやらが一番の理由ではなかったと考えるようになった。修への愛情は自分が自覚していた以上に小さなものだったと気づいたからだ。

もちろん、初めての恋人であり大学生活の思い出のほとんどを修と共有したのだ。振られたときはつらくてたまらなかった。やり直せるならやり直したいとも思ったが、修を取り戻す努力はなにもせず、仕方がないとあきらめてしまった。

礼美の立場を考えて躊躇し、両親のためだという理由に甘えて修を手放した。修もきっと、そんな芹花の弱さに気づいていたはずだ。礼美に心を揺らした修の気持ちをなにがなんでも取り戻そうとしない、芹花の本音に。

《芹花？　聞いてる？　夜中だし眠いの？》

ぼんやりと修とのことを思い出していた芹花は綾子の大きな声に我に返った。

《とにかく受付は誰か探すから。芹花は気にしなくていいよ》

「でも、どうして誰も引き受けないのかな」

相変わらずはっきりしない理由に芹花は首をかしげる。

《そりゃあ、今回ばかりはみんな許せないんだよ》

「許せない……？」

《そう。芹花にとって初めての恋人を奪うなんて信じられない。社長令嬢ならなにをしても許されるのか？ってね》

同級生たちが受付を引き受けないという理由に芹花は驚いた。一方で、綾子や同級生たちに後ろめたさも覚える。付き合っていた当時の修に対する愛情に嘘はないが、これほど気を遣ってもらうほど彼を本気で好きだったのか疑問なのだ。

「あの、ね。私はもう修のことはちゃんと吹っ切れてるから、余計なことはしなくて大丈夫」

芹花は興奮気味の綾子を落ち着かせるように言い聞かせた。思い込んだら即行動の綾子のことだ、芹花への友情ゆえに礼美に怒りをぶつけでもしたらまずいと焦る。

「いつまでも過去にはこだわってないし、修くん以上の格好いい男性に会うこともあるし」

芹花は綾子の気持ちを鎮めるためにそう言って笑ったが、途端に心に浮かんだのは他の誰でもない悠生の端整な顔だった。

《ねえ、それって本当?》

芹花の落ち着かない気持ちに気づくことなく、綾子は弾んだ声をあげた。

《とうとう芹花にも恋人ができたの? まあそれだけかわいいのに恋人がいないっておかしいと思ってたのよ》

「え、そうじゃなくて、ただ会って食事をして……」

《ふーん。礼美に傷つけられて以来、芹花は誰にも目を向けようとしなかったし男性の話を聞いたこともなかったのに。そうか、そんな芹花が格好いいって口に出すほどだから、それって恋人よね?》

自信に満ちた声で尋ねる綾子に芹花は戸惑った。

確かに修と別れてからというもの、なんの変化もなくただ仕事に励み休日も出かけている様子のない芹花のことを、綾子はかなり気にかけていた。だからこそ芹花の口から男性の気配を感じさせる言葉が出れば、それは恋人ができたということに違いない。

綾子はその考えを疑うことなく言葉を続けた。

《そっか、恋人かあ。え? どんな人なの? もちろん礼美の誘惑に負けてしまった

バカ野郎よりも格好いい男よね》
「綾子、落ち着いて聞いて」
芹花に恋人ができたと思い込んだ綾子はよっぽど嬉しいのか、芹花の言葉に耳を傾けることなくひとりであれこれ想像し口にしている。
《だったら早く紹介しなさいよ。芹花のことだから照れて言い出せずにいたんだろうけど》
「だから、綾子……」
なにをどう説明しても今は聞いてくれそうもないとあきらめた。自分の世界に入ったときの綾子を止めることはできないのだ。
《でもよかった。礼美に腹を立ててる同級生は多いから、受付を引き受けないどころか披露宴を欠席しようかって話も出てるのよ》
「それはまずいでしょう。やめてよ。小沢食品で働いてる子もいるし、そんなことしたら仕事を辞めさせられるでしょ」
焦る芹花に、綾子は平然と《そうかもね》と答えた。
「礼美の親の会社で働いてる子とかどうするのよ。クビになったら無職になるでしょう？」

《それは過去の話なんだよね》
　勢い込んで話す芹花を綾子はさらりと受け流した。
《これだけ交通網が発達して道路も整備されたんだもん、車や電車で離れた職場に通えるようになったし、ネットを使えば地元以外の求人検索だって簡単。コンビニとかドラッグストアも増えたから、バイトならすぐにできる》
「あ、そういえば、この前、二十四時間営業の大型書店もオープンするって杏実が言ってた」
　芹花の呟きに、綾子は《そうなのよ》と答える。
《昔と状況は変わってるの。だから礼美を怒らせても職には困らないし生活はどうにかなる。それにね、たとえ親が小沢食品で働いていても年をとって定年を迎えた人も多いから。影響することはない》
「……うん」
　確かにそうだ。芹花の地元はここ数年で開発が一気に進んで人口も増え、総合病院も建設される予定だ。それに伴い高速道路も開通した。綾子が言うように、礼美の父親の会社が一手に地元の経済を支えているというのは昔の話なのかもしれないと感じた。

《だから、なんとかなるのよ。礼美にガツンとお灸《きゅう》をすえるいい機会だしね》
相変わらずの綾子の極端な言葉に芹花は本気で慌てた。スマホを持つ手に力が入る。
「あのね、今さら礼美や修くんに仕返しとかしなくていいからやっかいなことは考えないでね。それにね、披露宴でどんなおいしい料理を食べられるのか楽しみにしてるんだから面倒なことはやめようよ。ね？」
地元の仲間の優しさはありがたい。だからといって礼美と修の門出を台無しにするわけにはいかない。芹花はスマホに向かって必死に叫んだ。
《おいしい料理か……》
綾子が思い出したように呟いた。
《だよねえ。まあ、それは捨てがたいしせっかく買ったサファイア色のドレスも着なくちゃもったいないし。出席しようかな》
スマホ越しに綾子がそう言って小さく息を吐き出したのを感じ、芹花もホッとした。綾子が出席するとなれば、同級生たちも出席してくれるだろう。
「綾子がサファイア色のドレスなら、私は何色にしようかな。まだ用意してないんだよね」
ようやく出席すると言った綾子の気が変わらないように芹花は早々に話題を変えた。

《ねえ、芹花の新しい恋人はどんな服装が好みなの？　芹花を選ぶくらいだから面食いなんだろうけどさ》

「だから恋人なんていないんだってば。私はただ、格好いい男性っているんだなって思っただけで……」

次第に小さくなる声に反比例して、芹花の心に悠生の顔が大きく浮かんでくる。顔も熱くなるのを感じ、赤くなっているに違いないとドギマギした。

《芹花には素敵な恋人がいるってみんなに言っておくね。そうなるとみんな出席するだろうし》

「……それとこれとは話が違うと思うけど」

いつの間に自分に新しい恋人ができたのだろうと呆然《ぼうぜん》とするが、今の綾子相手に話の流れを変えるのは難しい。それに今は綾子をはじめ同級生たちに礼美の披露宴に出席してもらうことのほうが先決だ。意識の片隅に悠生の顔がちらちらと浮かぶが、どうにか追い払う。

《そうだ、私が芹花に恋人ができたって言っても信じない子もいるはずだから、その新しい恋人の写真を送ってよ》

「えー、写真？」

《そう。あるでしょ？》
「写真は……えっと」
催促する綾子に芹花は口ごもり、どうしようかとスマホを見つめた。ここには夕食をごちそうになったときに悠生とふたりで撮った写真が確かにあるのだ。
『結婚式の前に友達にこの写真を送って、とっくに極上の恋人がいるんだって自慢しておけば？』
写真を撮りながらそう言った悠生の言葉を思い出しハッとした。
「うそ……なんてタイミングがいい」
《じゃあ、恋人の写真をすぐに送ってね。みんなにも見せて礼美の披露宴にはちゃんと出席するように言っておくから》
綾子は自分の思いつきに満足げだ。そして、なにも答えない芹花に構うことなく言葉を続けた。
《でも一枚だけじゃ疑う子もいるかもしれないから、芹花と恋人の甘い写真を披露宴までに何枚か送ってよ。そうすればみんな納得するはず。さすが私、いい考え》
芹花はスマホを握りしめ言葉を失った。どうしてこんな展開になってしまったのかわからない。

《じゃ、ラブラブ写真の定期便、待ってるからね。おやすみ》

「あ、あやこーっ。う……切れちゃった」

芹花は泣きそうになりながらスマホの画面をタップし、数時間前に悠生と撮った写真を確認する。

「……やっぱり格好いい」

切れ長の目は優しく笑っていて、弧を描く薄い唇には色気がある。ほんの少し茶色がかった瞳はいつまでも見つめていられそうな気がしてドキドキする。

ごく自然に芹花の肩を抱き頬を寄せ合う悠生の表情はまるで何度も芹花とそうしているようにも見えるが、それは錯覚だと自分に言い聞かせた。

見た目も素敵な御曹司。芹花とは生きてきた時間も立場もまるで違う遠い人だ。肩に残る悠生の手の温かさを思い出すことはあっても、この先ふたりが触れ合う機会はないに違いない。

芹花の心はズキンと痛んだ。

「写真では仲がいい恋人同士みたいなんだけどな」

寂しげに写真を見つめていると、画面にメッセージが表示された。

【とっとと恋人の写真を送ってよ。見るまで気になって眠れそうもない】

面倒なことになったなと思いながら、芹花はあきらめのため息をついた。

もしも芹花に恋人なんていないとなれば、地元の友人たちからは礼美に恋人を奪われたかわいそうな女だと思われたままだ。そうなれば、それはすべて礼美と修のせいだと本気で披露宴をボイコットするかもしれない。

でも芹花への同情や心配が小さくなれば同級生たちの礼美への怒りも多少は収まり、イヤイヤながらも披露宴に出席するに違いない。この先悠生と会うことはないだろうし、ばれることはないはずだ。

「仕方がない。とりあえず送らせてもらおう……」

芹花は悠生と一緒に撮った写真の中から一枚を慎重に選び、綾子に送信した。

すると、手の中のスマホに再び綾子からのメッセージが届いた。

【これって木島悠生でしょ？　こんな大物とどこで知り合ったの？　これからもラブラブ写真をどんどん送ってきてよ。あ、しばらくの間はみんなには秘密にして私ひとりでイケメン御曹司の写真を楽しむことにする。でも、とりあえず芹花に極上の恋人ができたってことは速攻で連絡しておくから】

「あ……そっか。悠生さんってかなりの有名人だった……どうしよう」

芹花は綾子からのメッセージを何度も読み返し、とんでもないことになってしまったと頭を抱えた。

「悠生さんに迷惑がかかったらどうしよう」

悠生との写真を軽はずみに送ってしまったことを心底後悔する。

「本当、私ってバカ」

芹花はひと晩中悩み、眠れないまま夜明けを迎えた。


明け方ようやく浅い眠りについた芹花だが八時過ぎには目が覚め、ベッドの中で体を丸めたまま鬱々としていた。

「くれぐれも写真を拡散させないように綾子に念押ししておかなきゃ」

時計を見れば九時半を少し過ぎている。綾子も起きているだろう。

綾子に電話をかけようとして、そういえば、と思い出した。披露宴で着るドレスを綾子は既に用意していると言っていたが、芹花はまだなにも用意していない。靴やアクセサリーも揃えることを考えれば時間的な余裕もない。

「来週は仕事も忙しいし、今日出かけて探そうかな」

まずは綾子の電話番号を呼び出そうと、まだ慣れないスマホをぎこちなく操作していると、突然着信音が響いた。画面には【木島悠生】と表示されている。

思いがけない電話に慌てた芹花は急かされるように電話に出た。

「もしもし？　あ、あの」

《おはよう。そろそろ起きてるか？　昨夜も遅かったからこれでも一時間は待ってたんだけど？》

「はい、起きてました。でもまだベッドの上なんですけど。……あ、ベッドってそこまで言う必要はなかったですね」

ベッドなんて言葉を口にして芹花は焦った。スマホからは悠生がくすくす笑う声が聞こえ、顔が熱くなる。

《もしかして、俺ってベッドの上に誘われたのか？》

悠生はからかうように言って、続けた。

《ちょうど今、芹花の部屋の下にいることだし、すぐに駆けつけるけど？》

「え、下？」

芹花はベッドから飛び降りて部屋のカーテンを勢いよく開けた。窓の下をのぞけば、カフェの駐車場に停めた車に体を預けた悠生がスマホを耳に当てて手を振っている。

「な、なんで、ここにいるの？」

《早く着替えて降りてこい》

「あの、どうしてここに？　約束してました？」

三階の窓からスマホではなく直接大声で問いかける芹花に悠生は肩をすくめた。

《約束はしてないけど、まだスマホの代金分の弁償は終わってないから気になって》

「は？　それはもう、昨夜食事をごちそうしてもらって終了しましたよ」

《細かいことはいいから、とりあえず準備して降りてこい。それまで美貴さんご自慢のパンケーキを食べて待ってるから》

「全然細かくないし、それにあの、今日は披露宴で着る服を買いに行こうと思ってるので忙しいんです」

《ああ、昨日言ってた元カレの披露宴？　だったら弁償の残りはそれで決まりだな》

「決まり？って、あの？」

悠生の言葉が理解できず問い返した。

《車でどこにでも連れていくから早く降りてこい。待ってる》

焦る芹花を無視し、悠生はさっさと通話を終了して一階の店に入っていった。

姿が消える瞬間ニヤリとした笑顔を向けられた芹花は、自分がカフェに行くまで本当に帰らないのだろうかと不安を覚えバスルームに急ぐ。そして昨夜から続く思いがけない展開がまだ終わっていないことに心が弾むのを認めるしかなかった。

それから一時間後。悠生が運転する車は比較的空いている大通りを順調に走っていた。

「披露宴で着る服を買いに行きたいって言ってたよな」

「そうです。服とか靴を……」

緊張しながら助手席に座っていた芹花は悠生を見ながら答えた。

礼美の結婚式までまだ一カ月あるが、イラスト集の発売も控えている今、仕事で休日がなくなる可能性も高い。できれば今日中に気に入るものを見つけておきたい。

「元恋人の結婚式だから気合も入るよな」

悠生の硬い声が車内に響き、芹花は眉を寄せた。

「芹花を手放したことを後悔させてやればいいんだ」

「そんなの、考えたこともないです」

「だけど悔しいだろう？　せいぜい芹花の幸せな姿を見せつけてやろう」

悔しがっているのは芹花ではなく悠生のほうではないのかと思わせるほどの低い声に、芹花は戸惑った。

「結婚式で着る服か……。普段俺がスーツを仕立ててもらってる百貨店の外商に電話して、いくつかドレスを用意してもらってもいいけど」

「い、いえいえ、とんでもない。外商なんて」

芹花は首をぶんぶんと横に振った。

怯《おび》えるような芹花の表情をチラリと見た悠生は肩を揺らしながら笑う。

スムーズに走る車は赤信号で止まることもない。

「あの、外商なんて私には縁がないし、それに私が買えるようなお値段でもなさそうだし」

このまま本当に外商に連絡を入れられたらどうしようと、芹花は必死で遠慮する。

「値段のことは気にしなくていい。スマホの弁償の続きで俺が買うから気に入ったドレスを選べば……というか俺が選ぶ」

「は？　あの、だから弁償のことは気にしなくてもいいんです」

何度もそう言っているのに、と芹花は困る。

「いや、俺は気にする。それに、芹花が着るドレスは俺が選びたい」

「え、どうして木島さんが選ぶんですか？　それっておかしいです」

「木島じゃない。名前で呼べって言っただろう？　とにかく芹花のドレスは俺が選ぶから任せろ。元カレが芹花を振ったことを心底後悔するくらいのドレスを用意してやる」

悠生は視線を前方に向けたまままきっぱりとそう言った。

その勢いに気圧され芹花は口を閉じたが、心なしか車のスピードが上がったような気がして不安を覚える。外商などと口にする悠生が連れていく店だ、お高い商品がずらりと並ぶような店に違いない。預金の残高を思い出しながら、いったいどうなるのかと心配でたまらなくなった。

その後、半時間ほど車を走らせた悠生は、家具店が建ち並ぶ通りの近くのコインパーキングに車を停めた。

悠生に促され車を降りた芹花は、大勢の人が行きかう通りを見ながら眉を寄せる。

「ここって昔から家具で有名な通りですよね？」

隣に立った悠生を見上げ、戸惑った声で呟いた。

「ああ。代々続く家具店が多いな。最近は若い世代が頑張っていて客層もかなり変わってるけど」

「あ、雑誌でその記事を見たことがあります」

ここは大きな通りを挟んで昔から長く続く家具店が軒を連ね、商品が出されている店頭を見て歩くだけでも楽しめる家具通りだ。一時は大量生産できる工業製品に価格競争で負け、閉店を余儀なくされる店も多かったが、本物志向の風潮と若い世代が店を経営するようになり、明るく統一感のある外観が評判を呼んでにぎやかになった。

「じゃ、行くぞ」

「え？　どこに？」

さっさと歩き出した悠生を慌てて追いかける。そのとき、学生らしい集団とすれ違いざまにぶつかり芹花はよろけた。

「あ、ごめんなさい。わっ」

体勢を立て直しながら謝る芹花の肩を悠生が抱き寄せた。

「大丈夫か？　人通りが多いから気をつけろよ」

悠生は人混みから守るように芹花の肩を抱いたまま迷うことなく歩いた。

しばらくして立ち止まったのは、綺麗な黄色の三角屋根が特徴的な店だった。辺りで一番大きな二階建ての店舗は少しくすんだ水色の外壁がおしゃれでかなり目を引く。

「ここ、家具屋さんじゃないんですね」

芹花は店の中をのぞき込んだ。

「知り合いの店なんだ。入ろうか。商品が多いから気をつけろよ」

悠生に背中を押されながら店内に入ると、所狭しとたくさんのドレスであふれていた。

「もしかしてこれ、杏実が雑誌を見ながら欲しいって言ってたドレス？」

店内の目立つ場所のマネキンが着ていたのは、光沢のある生地がたっぷりと使われたドレスだった。見れば見るほど杏実が気に入っていたドレスに似ていて、芹花は興奮する。

「あの、ここってまさか桐原恵奈《きりはらえな》さんのお店じゃないですか？」

芹花の問いに、悠生は驚いたように頷いた。

「ああ、知ってるのか？」

「はい。妹が桐原さんのドレスのファンで、私も一緒にホームページを眺めることがあって」

「そうだったのか。演奏家がよく買いに来るって聞いてたけど、やっぱり人気なんだな」

芹花はドレスにそっと手を添え、生地の滑らかさにほおっと息を吐いた。

「本物はやっぱり素敵……。でも、やっぱり高くてなかなか手が出せなくて。だから、妹は母が作るドレスを着て発表会に出てるんです」

杏実が音大受験に備えて週に五日受けている個人レッスンの費用や発表会のたびに

用意しなければならない参加料はかなりのもの。だから杏実のドレスは手作りするしかないのだが、こうして極上のドレスを目の前にすれば、一度くらい桐原恵奈のドレスを着せてあげたくなる。

「だけど、桐原さんと悠生さんが知り合いなんてびっくりです」

「仕事で恵奈さんのご両親の財産管理を担当してるんだ。ご両親は有名な家具職人で、隣で店を開いてる。その関係で恵奈さんとも知り合った。今日はここで、披露宴で着るドレスを選んでいいぞ」

「え？」

店内のドレスに見とれていた芹花は我に返った。

「芹花にははっきりとした色よりも淡い色がいいな」

悠生は店内を見回し、芹花の手を取って店の奥へと歩き出した。

そのとき芹花の背後から、「木島さん、披露宴のゲスト向けドレスならこっちよ」という女性の声が聞こえた。

「電話で雰囲気や身長を聞いて、いくつか用意してみたけど」

芹花が振り向くと、雑誌やホームページで見たことがある桐原恵奈が立っていた。

赤いニットのロング丈のワンピースと八センチはありそうなハイヒールがよく似合

う迫力美人だ。黒目がちな大きな瞳と赤い唇は意志の強さを感じさせ、ハイヒールを脱いでも百七十センチはありそうな長身、そして長い手足はまるでモデルのよう。

今年三十五歳だと記憶しているが、二十代だと言っても納得できそうなほど肌も綺麗でうらやましい。

「本物のほうが断然素敵……」

思わず呟いた芹花に、恵奈はにっこりと笑った。

「そうでしょう？　写真写りが悪いの、私。だから取材とかあまり好きじゃないのよね」

面倒くさそうに口元をゆがめた恵奈に、悠生は苦笑する。

「好きじゃないっていうより大嫌いなんですよね。それより早くドレスを見せてほしいんですけど」

「はいはい。木島さんがそれほど急かすなんて珍しいわね。えっと、あなたが芹花さん？」

「あ、天羽芹花です。あの、今日は突然すみません」

恵奈に声をかけられた芹花は慌てて姿勢を正し頭を下げた。

「桐原恵奈です。木島さんから披露宴で着るドレスが見たいって聞いているけど、色や形とか希望はあるかしら？」

恵奈は芹花のスタイルを確認しながら問いかけた。

突然この場に連れてこられ口ごもる芹花に代わり、なぜか悠生が口を開いた。

「手足が長いからハイウエストで、袖はレース地の五分丈がいいな。それと、ミモレ丈で適度なフレア」

「え、ちょっと……」

ポンポンとドレスの好みを口にする悠生に芹花は慌てた。

「今から体のサイズをいただいて作るのは時間的に無理なの。だから既製品の中から選んでもらうことになるけどいいかしら？」

申し訳なさそうな恵奈に、芹花は首を横に振った。

「そんな、既製品で十分です。というか……あの、既製品ですら買えるかどうかわからないんですけど」

芹花の声が小さくなる。店内のドレスに値札はついていないが、以前雑誌で見たときには安いドレスでも一着十万円はしていた。

「もちろん、どのドレスも素敵で着てみたいんですけど」

芹花は店内のドレスを見ながら夢見がちにため息をついた。

「あら、木島さんがドレスだけでなく靴やバッグも買ってくれるはずよ。そうでなかったらわざわざここに芹花さんを連れてこないわよ。ね？」

からかうような視線を向けられた悠生は動じることなく口元を緩めた。

その表情からやはり悠生が芹花のためにドレスをプレゼントしようとしていると察した芹花は、困ったように口を開いた。

「あの、私にはやっぱりもったいないというか贅沢《ぜいたく》なので、申し訳ないんですけど今回は見るだけにさせてください」

芹花の言葉に、恵奈は気を悪くした様子もなく言葉を続けた。

「そう？　でも、それは木島さんが許さないと思うわよ。とにかく気に入ったドレスを試着してみましょう」

なにやら意味ありげに笑いながら芹花に提案した。

「さ、木島さんが芹花さんにドレスを着せたくてうずうずしているようだから、こっちに来てもらえる？」

隣を見れば、悠生が待ちくたびれたように眉を寄せていた。

「早くドレスを選ばせてくれ。披露宴会場で一番綺麗な女にしてやる」

「一番綺麗なのは花嫁さんだから。それに、残念だけど私に恵奈さんのドレスは高価すぎます」

どうしてもドレスを買おうとする悠生に、芹花は遠慮がちに断った。

だからといって悠生がすぐに引き下がるわけもない。

「残念だと口にするほど桐原さんのドレスを着たいんだろう？　俺も気に入ってるし、芹花に着せたいんだ。それに、ドレスの一着や二着買ったって俺に大した影響があるわけもない」

悠生は芹花に近づくと彼女の顔をのぞき込んだ。

「桐原さんが言ったとおりドレスに合わせて靴もバッグもアクセサリーも俺が選んでやるから、いい加減あきらめろ」

「あきらめろって……」

これまでになく強い口調で迫る悠生に芹花は押し黙る。

「ほらほら、木島さんの気が変わらないうちに気に入ったドレスを一着でも二着でも買ってもらいましょう」

芹花の背中を押しながら恵奈は店の奥へと進んでいく。

そのあとを追う悠生は「気が変わるくらいなら、連れてこないだろ」とポツリと呟いた。

それから一時間、芹花の意見は聞き入れられることなく、悠生と恵奈の指示に従い試着を繰り返した。あらかじめ恵奈が用意していた数着のドレス以外に悠生が選んだドレスも身に着け、その都度試着室から出て悠生と恵奈に見せる。

悠生はスマホで何枚も写真を撮りながら、恵奈に細かい注文をつける。

「鎖骨にかけてのラインが綺麗だし、もう少し見せてもいいんじゃないか？」

「足がまっすぐだから膝上もアリだな」

「オフショルダーも似合うけど、露出が多すぎるから上に羽織るものを用意すればOK」

芹花は妥協なくドレスを選び続ける悠生に振り回され、次第に疲れてきたが、綺麗なドレスを身にまとう自分を楽しんでいた。鏡に映る自分はまるで別人のようだ。

悠生に買ってもらうわけにはいかないとわかっていながらも、こんなに素敵なドレスを着て披露宴に出席したいと思ってしまう。

「うわ……この光沢、すごい」

何着目かわからないドレスは悠生がリクエストしたデザインそのもので、ハイウエストで切り替えられたパープルのワンピース。鎖骨が綺麗に見える胸元はかわいい刺《し》繍《しゅう》が施されたレース地で、ところどころにきらきら輝くビジューが縫いつけられ落ち着いた雰囲気だ。

「素敵……」

芹花は鏡に映った自分の姿を何度も見直し、特におかしなところはないと頷いた。

そして、そっと試着室のドアを開けた。

「あの、これがいいかなと思ったんですけど」

悠生と恵奈がどんな反応を見せるか気になりながら試着室から出る。それまでと同じようにゆっくりとその場で回って見せると、プリーツたっぷりのスカートが軽やかに広がった。

「芹花さんにぴったりでとても綺麗よ。私が選んだドレスよりも断然似合ってるなんて悔しいけど、さすが木島さんってところかな」

芹花の華やいだ姿に目を細めながら、恵奈はうなる。それから意味ありげに笑って、悠生の耳に口元を寄せた。

「見れば見るほど芹花さんに似合ってるわね。これってやっぱり木島さんが芹花さんを気に入っているからかしら?」

からかっているとすぐにわかる口調にも表情を変えず、悠生はただ芹花を見つめている。肌をほんのり赤く染めて恥ずかしそうに立つ芹花から目が離せないようで、身動きひとつしない。

「あの？　似合ってないですか？」

ドレスを着て見せるたび、すぐにスマホを構えて何枚も写真を撮っていたのに、ただ立ち尽くしている悠生に不安を覚えた。

店の奥にある相談室。試着ルームを兼ねた広めの部屋で、芹花と悠生の視線が絡み合う。

滑らかな肌が輝く肩から鎖骨のラインまでも赤く染めた芹花は、悠生から向けられる強い視線が恥ずかしくてたまらない。ほんの数秒のことなのに、芹花の鼓動が跳ねるには十分な時間だった。トクトクと繰り返す心臓の音が次第に速さを増し、部屋中に響いてしまうのではないかと息を詰める。

ふたりしかこの場にいないかのような空気に包まれ居心地の悪さを感じた恵奈は、ひときわ大きな声をあげた。

「まるで芹花さんのために仕立てたみたいによく似合ってるし、ぴったりね。それに合うハイヒールがあるから持ってくるわ」

棒読みに近い言葉に悠生はチラリと恵奈を見るが、唇をくっと上げただけで芹花に視線を戻す。心もとなげに立つ芹花に引き寄せられるように足を向けると、部屋を出た恵奈がドアを閉めた音が響いた。

その音にピクリと体を震わせた芹花は弱々しい笑みを浮かべた。

「こんなに素敵なドレス、やっぱり私には似合わないかな……。着慣れていないし、おかしいですか?」

「まさか」

悠生は気まずそうに笑う芹花の前に立ち、すっと手を伸ばし彼女の耳に触れた。

「サファイアのイアリングをプレゼントするよ」

「え、サファイア?」

悠生は頷くと芹花の耳たぶを何度も指で確認し、その温かさに触れる。

「ここまで似合うとは思わなかったな。パープルは芹花の色白の肌が強調されていいと思っていたんだけど。このままじゃ披露宴で男たちの目が芹花に集まりそうで……いい気分じゃない」

チッと舌打ちする悠生に、芹花は目を見開いた。

育ちのいい御曹司が舌打ちなんて信じられない。そんな芹花の思いを察したのか、悠生は苦笑する。

照れくささが見え隠れするその表情に芹花は見とれた。どんな表情をしても男前は格好いいのだと改めて実感し、いっそう心はドキドキ弾む。

「耳と胸元にサファイア。当日身に着ける物は俺が全部用意する」

芹花は熱い吐息と共に悠生が口にした言葉にくらくらした。まるで恋人を説得するような甘い響き。強い意志を含んだ瞳に射られれば、頷かないという選択肢は残っていない。

「はい……」

魔法にかけられたように答えると、悠生は目を細め満足げに笑った。

「似合ってる。桐原さんのドレスはどれも素晴らしいけど、芹花が着るといっそう華やかだ」

「な、なんで、そんなことをさらりと言っちゃうんですか」

芹花は強い口調で言い返し、照れくささをごまかした。

「桐原さんの作品だから誰が着ても素敵に見えるんです。私なんて貧弱な体でありふれた顔だし、ドレスの魔法で悠生さんは錯覚を起こしてるんです」

間近にある悠生の顔を見られなくて、視線を泳がせながら早口でまくしたてた。

「俺が錯覚を起こしているとすれば、それは芹花が魅力的すぎるからだ」

悠生は芹花の肩を抱くと前夜のように頬を寄せた。彼の指先が肩をするすると撫で、芹花の肌は熱を帯び震えた。

「あの、悠生さん、近すぎるんですけど」

そっと体をずらそうとしても、思いのほか強く抱かれていてどうしようもない。体を小さくしたまま戸惑う芹花に、悠生はさらに熱い吐息を重ねた。

「キスでもする？」

「え？」

その瞬間、カシャリという音と共に芹花の目の前が光った。

なにが起こったのかわからず目を閉じてもなお、音と光は続く。

「ほら、笑って」

「な、なに？」

こわごわと目を開ければ、悠生がスマホをふたりに向けて写真を撮っていた。

「俺との写真、送るんだよな？」

楽しそうに写真を撮りながら、悠生はさらに強く芹花を抱き寄せる。

露わな腕に悠生の体温が直接触れて、芹花はそれ以外なにも感じられなくなった。

「ほら、ちゃんとスマホを見て笑えよ。元恋人の結婚披露宴で見せびらかすドレスをプレゼントしてもらうんだから」

「写真って、あ、そうだ。綾子にまだまだ送ってって言われていたんだ」

今日一日、濃密すぎる悠生との時間を過ごし、すっかり綾子のことを忘れていた。

昨夜送ってしまった写真のことをまだ悠生に伝えていなかったと思い出し、慌てる。

「あの、この前ふたりで撮った写真なんですけど」

「ん？　芹花のスマホの待ち受けにした写真？」

「はい。実は友達に送ってしまって。それで、あの、その友達――綾子が悠生さんを木島家の御曹司だと知っていて」

途中言葉に詰まりながら説明すれば、悠生は首をかしげた。ふたりの頭上に掲げて写真を撮っていたスマホを下ろしたが、相変わらず芹花を抱き寄せたままだ。

「俺のことを知っていたらまずいのか？」

悠生は世間に自分の顔と名前が知られているのは自覚しているし、慣れている。芹花が今さらそのことで慌てていることにおかしくなる。

「だって悠生さんの写真を見て、でかしたって大喜びで、地元の友達に知らせるって大騒ぎなんです。私の恋人が悠生さんだって誤解しちゃったし、どうしよう」

悠生と過ごす時間が楽しくて、そのことをすっかり忘れていた。

「今すぐ綾子に電話して、写真は絶対に拡散しないように釘《くぎ》を刺さないと」

芹花は悠生の腕から抜け出そうとしたが、悠生はそれを許さない。芹花の肩を抱いたままにっこりと笑う。

「迷惑じゃないけど？」

どうにか悠生の腕を振り切ってスマホを取りに行こうとするが、またもや悠生は芹花を放そうとしない。それどころか両手を芹花の腰に回し、ふたりの体はぴったりくっついた。

ほんの少しでも顔を動かせば、頬や唇が重なりそうなほど近くに悠生の整った顔。簡単には動けないことに呆然とする。

腰に置かれた手がゆっくりと芹花の背中を撫でた。肌が透けて見える薄いレースの手触りを楽しむかのように動く熱に思わず息を漏らしそうになる。

「この素敵なドレスを着て披露宴に出席するから楽しみにしてろって、今撮った写真を送ればいい」

「な、なんで、そうなる……」

芹花は自分が悠生の恋人なのだと錯覚しそうになる。小さく首を横に振れば、動揺しているせいか軽いめまいも覚えた。

「芹花」

名前を呼ばれても、なにも答えられない。落ち着いてこの状況を理解しようとしても、その間も背中に感じる悠生の指先が邪魔をしてまともに考えられない。

「芹花、顔を上げろ」

さっきより強い声に、渋々顔を上げた。

「俺もタキシードを着ていれば完璧だったな」

芹花の頬に手を当てて悠生は顔を寄せた。

「え？」

「まあ、タキシードはそのうちに」

「あの」

戸惑う芹花がこぼした言葉を受け止めるように、悠生は唇を重ねた。

「ふ……っ」

芹花の喉の奥から声が漏れる。体を離そうとするが、それを悠生が許すわけがない。悠生の体全体で拘束され、芹花の全身が脈打つようにドキドキ音を立て始めた。

「ゆ、ゆうきさん……」

呼吸の合間にそう言った隙を狙って、悠生が唇を割って舌を絡ませる。芹花はそれに応えるだけで精一杯で、次第に体から力が抜けていく。

「くっ……俺にしがみつけよ」

「で、でも……あっ」

力が入らない足のせいで、体がずるずると落ちていく。思わず悠生の首に手を回して抱きついた。

「そうそう、そのまま」

力強い腕で芹花を受け止め引き上げた悠生は、キスを続けたまま嬉しそうに笑う。突然のキスに驚きながらも、芹花の体は拒むことなくそれを受け入れる。もしかしたらずっと、こうしてキスされるのを待っていたのかもしれない。

最初は芹花の反応をうかがっていた悠生の舌がそんな芹花の想いを感じたように荒々しい動きを見せた。時折楽しげな声を含ませつつ唇の角度も変える。

「……ん、ふ」

絡めた舌が芹花の意思とは違う動きをすることに驚いた。単純に気持ちがよくて、自分からも悠生の舌を追いかけて、もっと、もっと、とせがんでしまう。

けれど、これまで付き合ったのは修ひとり。経験値が低い芹花にはキスですら応え方の正解がわからない。悠生に言われたとおりしがみついて、精一杯応えているうちに呼吸が苦しくなってきた。

「は……あ、あの。ちょっと」

芹花は悠生から顔を背け、くたりと体を悠生に預けた。

「芹花、お前初めて、じゃないよな？」

浅い息を繰り返す芹花は「違いますよ」とどうにか答えた。

「だけど、修くんとは長く付き合ったわりには……。それに就職してからは忙しくて会えなくて……んふっ」

呼吸の合間に口にする芹花の言葉を聞きたくないのか、悠生は強引に唇をふさいだ。

「今、前の男の話をするか？　普通」

呆《あき》れたような声に、芹花は納得する。

「ごめんなさい。でも、慣れてなくて息が苦しくて。悠生さんは慣れてるからいいけど」

「は？　なんで俺は慣れてるんだ？」

呆れているうえに怒ったのか、鋭い声音に芹花は体を震わせた。

「だって、格好よくてモテてるだろうし……」

口ごもる芹花に、悠生は大きく息を吐き出し視線を天井に向けた。

「たとえ格好よくても、それは両親の遺伝子のおかげだ。御曹司だとも言われてるけど、それも俺の力じゃない。気を抜いてちょっとでもミスをやらかせばバッシングを浴びる。だから、期待を裏切って悪いが女に時間を割く余裕はなかったな」

悠生の言葉の中に彼が抱えているプレッシャーを感じ、芹花は口を閉じた。

御曹司という恵まれた印象を与える言葉のフィルターを通じて悠生を見ていたかもしれないと反省する。

しゅんとした芹花に苦笑した悠生は、その場の雰囲気を変えるように彼女の頬を優しく撫でた。

「もちろん今まで女性となにもなかったわけじゃないけど、こうして抱きしめてキスするのも久しぶりだ」

「でも悠生さんの交際相手として、モデルとか大企業のお嬢様とかネットに出てたし。それ以外にも両手で足りないくらいの女性の名前があったけど」

悠生の明るい口調に合わせて芹花もからかってみた。

「モデル？　ああ、それって芹花が修くんといちゃいちゃしていた頃の話だな」

含み笑いの悠生に芹花はムッとする。その瞬間、再びカシャリと音がした。

悠生がスマホで写真を撮ったのだ。見れば唇を尖《とが》らせ悠生を睨んでいる芹花がアップで写っている。

「これは俺の待ち受けにする。で、さっき撮ったふたりの写真を芹花に送っておくから友達にも転送すればいい。結婚式までに何枚か送れば友達も信じるだろう？」

「そんなことをして写真がマスコミにでも流れてしまったら悠生さんが困ります」

綾子や地元の友達が悪用するとは思わないが、どう広がって悪意にさらされるのかわからないのだ。悠生の立場を考えればやめておいたほうがいい。

「モデルやセレブなお嬢様が相手なら、悠生さんとつり合いが取れて悪いことばかりじゃないけど、もしもなんのメリットもない平凡な私との写真がマスコミに流れでもしたら、悠生さんにとってマイナスにしかならない。綾子に送る写真がどうしても必要なら、事務所の弁護士さんにお願いして写真を撮らせてもらいます」

早口で焦る芹花に悠生は苦笑した。

「どこが平凡だよ。自分の才能と努力でイラスト集を出すなんて誰もができることじゃないだろ」

「……そんなの考えたこともなかった」

「芹花と比べれば、家柄に守られているだけの俺のほうがつり合いが取れてないと思うけどな」

悠生の手が芹花の髪をそっと梳《す》いた。

「女性との写真程度で立場が悪くなるような仕事はしていないつもりだ。俺との写真が役立つならいくらでも使っていい。職場の弁護士先生に頼むなんて論外だ」

「……はい」

「いい返事だな」と笑った悠生を見上げたとき、部屋の外からバタバタと騒がしい音がした。芹花がハッと悠生から体を離したと同時にドアが開き、恵奈が入ってきた。

「このハイヒール、絶対に芹花さんに似合うから。ぜひ履いてみて。アクセサリーもいくつかあるけど、それは木島さんとふたりで選びたいわよね」

よっぽど自信があるのか、芹花の答えを待たず足元にひざまずきハイヒールを並べた。

今試着しているドレスと同じパープルのハイヒール。柔らかい印象のラムスキンはドレスの質感ともマッチしていて、恵奈がすすめるのも頷ける。

悠生に体を支えられながらゆっくりと足を通せば、ヒールの高さ分視線が上がりふたりの距離が縮まったような気がした。

「芹花さん、足首が細いからぴったり。これね、ひと目で気に入って即買い。そのあとで靴に合うこのドレスを作ったの。だから、できればドレスと靴はセットで譲りたいんだけどな」

芹花は悠生と顔を見合わせた。

ついさっきその温かさを知った唇がヒールのおかげで目の前にある。芹花は体が熱くなり視線を泳がせた。

どうしてこんな展開になったんだろう。

芹花は熱を帯びた頬を両手で押さえ落ち着こうとする。視線を動かせば、すぐそこに悠生の端整な顔。視線が合うたび安心させるように笑ってくれる。

「ドレスも靴も買わせてもらうよ」

当然だとばかりに悠生は頷く。

「あ、代金は私が」

慌てた芹花の言葉は、悠生だけでなく恵奈にも聞き流された。

そしてパープルのドレスを身にまとう芹花の写真は、「芹花のことだから結局遠慮して写真を送らないだろう」と言いながら、悠生が芹花のスマホを操作してさっさと綾子に送ってしまった。

【芹花によく似合うドレスを着せて披露宴に行かせるので、当日はよろしくお願いします】

そんな悠生の丁寧な文面に、綾子はすぐに返事をよこした。

【オレ好みのドレスを着せて不本意ながら披露宴に行かせるけど、かわいいオレの芹花が男から声をかけられないように守ってくれってことですね？　承知しました。お任せください】

悠生の気持ちを自分勝手に解釈した綾子の返事に芹花は照れて否定し、悠生は満足げに笑った。

# 第三章　見せかけの恋人との甘い時間

悠生にドレスや靴をプレゼントしてもらってから三日が過ぎた。

週の半ばの水曜日、久しぶりに早い時間に仕事を終えた芹花は夕食はなにを作ろうかと考えながら駅に向かうが、ふとした拍子に悠生とのキスを思い出し、そのたびに唇が熱くなるような気がしていた。

「いったいどういうつもりで、キスなんて……」

モヤモヤしながら大通りを歩いていると芹花の傍らに車が停まり、助手席の窓がすっと降りた。

驚いた芹花は警戒しながら視線を向けた。すると、運転席から身を乗り出すようにして助手席の窓から顔を出す悠生の姿があった。

「え、悠生さん？　どうしたんですか？」

芹花は悠生が運転する車に駆け寄った。

「さっきメッセージを入れたんだけど、見てないのか？　職場まで車で迎えに行くって連絡したんだけど」

「メッセージ？　あ、ごめんなさい。見てなくて」

芹花は慌ててバッグからスマホを取り出そうとするが、悠生はそれを制した。

「とりあえず乗って。長くここに停めているわけにはいかないから」

突然そう言われ芹花は躊躇したが、大通りには多くの車が走っている。急かされるまま助手席に乗り込んだ。同時に車は走り出し、大通りを進む。

「あの、どこに向かっているんですか？　それに、悠生さんのような御曹司が自分で運転するんですか？　運転手さんとかどうしたんですか？」

シートベルトを着けた芹花の問いに、悠生はニヤリと笑った。

「御曹司だって、四六時中運転手を引き連れてるわけじゃない。第一、気に入った女の子と出かけるときはひとりがいいに決まってるだろう？　心配するな、運転は得意だ」

「えっと……あれ？　気に入った女の子って、どういうこと……」

悠生が軽く口にした言葉に芹花は首をかしげたが、彼は肩をすくめただけでそれには答えない。

「で、今日はこれからおいしい夕食を食べようと思ってるんだ。それもかなり極上の」

「極上？　高級店ですか？　私、こんな服ですけど」

大きく反応した芹花は自分の服装を見下ろした。

ベージュのフレアスカートとオフホワイトのニットアンサンブル。手にしたコートはアンクルブーツと同じダークブランだ。アクセサリーはなにひとつ身に着けていないあっさりとした今の自分の姿が高級店にふさわしいとは思えない。

不安げな芹花を見ることなく、悠生は「十分かわいいから大丈夫」とさらりと口にする。

優しい悠生のリップサービスだろうと芹花は口を閉じ、膝の上に置いた両手を握りしめた。

「高級店なんて慣れていないので、あの今日はちょっと……」

もじもじしながら断る芹花を気にせず車はスムーズに大通りを進み、郊外へと向かう。

「今日じゃないとダメなんだ。きっと芹花も楽しめると思うから安心しろ」

なにを言っても取り合ってくれない悠生に不安を覚えながらも、思いがけず悠生と夕食を楽しむこととなり、芹花は緩む頬をどうすることもできずにいた。

芹花が連れてこられたのは、国内外で有名な『アマザンホテル』だった。重要な国際会議が開催されることも多く、各国王族が訪れる際にも使われる格式高いホテルだ。悠生は正面玄関で車を停めるとホテルマンに預け、慣れた足取りでロビーを歩いていく。

海外からの客人や、ドレスアップした女性たちの中にはテレビでよく見る有名女優もいた。場違いな場所に放り込まれたようであわあわしてしまう。

「あの、悠生さん。アマザンだなんて聞いてませんけど。ちゃんとした格好もしてないのにどうすればいいんですか。まさかここで食事ですか？」

悠生に手を引かれて歩きながら、芹花は辺りを気にしつつ抵抗する。

「そんなに緊張しなくても大丈夫だよ」

悠生はホテルの奥へと足早に歩いていく。

迷いのない姿を見れば目指す場所があるようだが、芹花はついていくのに精一杯で尋ねることもできない。

「間に合った」

鮮やかな真紅の絨毯《じゅうたん》が敷き詰められた廊下を進んで中庭に出ると、悠生は芹花を振り返り、ホッとした笑顔を見せた。

「急がせて悪かったな。突然来ることになったから時間に余裕がなくて急いでいたんだ」

　小走りに近い速さで歩いてきたせいで、芹花は少々息が上がっている。呼吸を整えながら辺りを見回した。

「え……。これって結婚式ですか？」

「いや、模擬結婚式なんだ。ブライダルフェアのイベントのひとつらしいけど、披露宴で実際に用意される料理を食べつつ新郎新婦の様子を確認するって聞いてる。今日はナイトウェディングの模擬披露宴」

　芝生が広がる中庭は照明によって明るく照らされ、八人掛けの丸テーブルが六つ用意されている。ふたりは案内された中央のテーブルに腰かけた。

「知り合いが参加する予定だったんだけど、体調を崩したから代わりに行かないかって連絡があったんだ」

　席に着いてすぐ、悠生は芹花の耳元に話しかけた。

「代わりにって、いいんですか？　だってウェディングですよね？　私たちには関係ないっていうか」

「別に気にすることないだろう？　アマザンの料理を食べられるしデートするには雰囲気もできあがってるし」

「デート……」

さらりと言われたその言葉に、芹花はドキリとする。

「あ、始まるみたいだな」

悠生は前方に視線を向けた。

中庭に続くガラス戸が開き、新郎新婦が現れた。明るい光に包まれ、モデルに違いない美しい男女が階段を降りてくる。

「うわあ、綺麗……」

「ブーケも素敵。あのドレスにぴったりね」

「新郎新婦、背が高くてお似合い……」

ほおっというため息と共に、感嘆の言葉がどのテーブルからも聞こえた。すべての席が恋人同士で埋められ、中庭をゆっくりと歩く新郎新婦を見つめている。

芹花と悠生が座るテーブルの横を新郎新婦が通り過ぎたとき、芹花はウェディングドレスのレースの繊細な刺繍に見とれた。それに、ドレスに贅沢に施されたパールの輝き。プリンセスラインのドレスは美しい新婦のために作られたようで、本当に似合っている。

「素敵なドレス。でも、モデルさんが背が高くてスタイルがいいからそう見えるのかな」

芹花は夢見るような声で呟いた。

すると悠生がそっと体を寄せ、芹花の耳元にささやく。

「桐原さんのパープルのドレスを着た芹花も、あのモデルに負けないくらい綺麗だった」

「そ、それは言いすぎです。……私はあんなに美人でもないしスタイルもいまいちだし」

照れてうつむいた芹花に、悠生は柔らかな視線を向けた。

「もっと自信を持っていいと思うけど。そうだな、芹花にはミニのウェディングドレスが似合いそうだな」

「ミニなんて絶対に無理です」

相変わらず小声で抵抗するが、悠生は芹花の言葉を聞き流しにっこりと笑った。

「今からハーフコースだけど披露宴用の食事をいただいて、衣装の試着もできる。ミニ、着てみれば？　似合うと思うんだけどな」

「試着なんて絶対にしません」

芹花はきっぱり言うと、口をぎゅっと結んで悠生から視線を逸らした。

「ふーん。それは残念だな」

芹花の言葉に軽い口調で答えた悠生は拒否されたことを気にしているようでもない。

「とりあえず料理を食べようか。芹花はおいしい物を食べればそれで幸せだもんな」

「私、そんな単純じゃありません」

悠生にからかわれムッとしたそのとき、おいしそうな匂いがした。

「オニオンスープでございます」

芹花の目の前に湯気が立ったスープが置かれた。おいしそうな匂いが、昼食以来なにも口にしていない芹花を刺激する。

「いただきます」

アマザンで有名なスープをワクワクしながら口にした。

「メインは肉料理らしいぞ。楽しみだな」

椅子に背を預け、悠生がメニューに視線を落としている。

紺色のスーツに白いシャツ。そしてグレーのネクタイ。銀行員だからかどちらかと言えば地味でありがちな装いだが、悠生が着ればおしゃれに見えるから不思議だ。

スープを飲み終えた芹花はチラリチラリとその姿を眺める。

周りには結婚を考えているだろうカップルばかりだというのに、女性たちの視線の多くが悠生に向けられている。そのことが気になり、スープのあとに出された肉料理にも手を付けられずにいた。

「どうした？　綺麗な花嫁の姿に胸がいっぱいか？　星がふたつの有名フランス料理店の肉料理なのにもったいない。食べないなら俺が食べるけど」

悠生はそう言って、ナイフとフォークを手にぼんやりしていた芹花の顔をのぞき込む。

「食べます食べます。絶対に食べます。星がふたつだなんて、それだけで胃が大喜びで待ち焦がれてます」

芹花は慌てて肉にナイフを通した。ほどよい赤みと香り、豊かな肉汁がたまらない。

「おいしい。でも、こんな贅沢していいのかな。冷やかしみたいで申し訳ない」

「冷やかしでいいから代わりに行ってくれって頼まれたから、それは気にしなくても大丈夫。普段だったら断るんだけど、芹花と来たかったんだ。なんといってもブライダルフェアだからな」

「……っぐ」

スラスラと口にした悠生の甘い言葉に、芹花はむせた。慌てて手元の水を飲むが、顔が熱いのはむせたせいばかりではない。ブライダルフェアに自分と来たかったと言われて平静でいられるわけがないのだ。

芹花はどうにか呼吸を整え、ひと息つく。

「だからこそ、どうして一緒に来たのかわからないんですけど」

連れてこられた先がアマザンホテルというだけでもドギマギするというのに、目的はブライダルフェアだ。こんな特別な催しに参加するなんて考えたこともない。戸惑っても仕方がないだろう。

「来るにしても、心の準備と服装を考える時間をくれてもよかったのに」

拗《す》ねた口ぶりでそう言うと、突然悠生に肩を抱き寄せられ、その場にシャッター音が響いた。見れば、テーブルの上に置いた芹花のスマホで悠生が写真を撮っていた。

「も、もう。突然撮らないでください。絶対に変な顔をしてますよ」

「悪い悪い。だけど全然変な顔じゃない。口ぶりは拗ねていても、おいしい物を食べて幸せそのもの。食事中にいつも見せるかわいい顔だな」

悠生は芹花の肩を抱いたまま画像を見せた。

「……ほんとだ」

悠生が言うように、目を細めて頬張る芹花が画面いっぱいに映っていた。

「ということで、これも綾子さんに送信しておこう」

「え？」

「俺たちの写真をまだまだ送れって言われてるんだろう？　ほら、さっさと送る」

悠生にスマホを手渡された芹花は急かされるまま綾子に写真を送った。

「大丈夫かな……」

悠生は芹花の頭にポンと手を置き軽く撫でた。

「ブライダルフェアに来てるとひと目でわかるから、俺と芹花が結婚を考えている恋人同士だと思ってもらえるんじゃないか？」

「え、それはまずいんじゃ」

スマホをのぞき込めば、写真の背景にはさっきふたりのテーブルを通り過ぎた新郎新婦役のモデルが写り込んでいて、見る人が見ればここがアマザンホテルで、それもブライダルフェアに参加しているとわかる。

アマザンホテルの夜のライトアップは有名で、雑誌でも特集を組まれるほどなのだ。芹花の年代の女性なら興味を持って見るに違いない。

「この写真を綾子が見たら確実に誤解します。それに、もしも地元の友達の目に留まったらそれこそ……」

芹花は慌てて綾子に電話をしようとするが、悠生にスマホをすっと取り上げられた。

「なにをするんですか。綾子に誤解だって説明しないと」

スマホを取り返そうとする芹花の手を悠生は掴んだ。

「俺が芹花の恋人だって思われたほうが好都合なんだろう?」

悠生は取り上げた芹花のスマホを自分のジャケットの内ポケットにしまった。

「……それは、そうなんですけど」

どうにかしてスマホを取り返そうと悠生の胸元をチラチラ見ていた芹花だが、すっと力が抜けた。

礼美の披露宴のことは今でも気がかりなのだ。そのことがなければ悠生との写真を綾子に送ることもなかったはず。

「面倒をかけてしまってすみません」

芹花はそう言って頭を下げる。さっきまで抱かれていた肩は解放され、ほんの少し寂しく感じた。

高級ホテルの中庭を、色とりどりのライトが鮮やかに照らしている。そして、おいしい料理と恋人たちのささやきが周囲を満たす。

ブライダルフェアの魔法にかけられたのか、悠生の体温がなくなった肩が冷たく感じ、無意識に体を近づけた。置かれた互いの椅子の位置はとても近く、手を伸ばせばすぐに悠生の手に触れることができる。

「アマザンはワインの品揃《しなぞろ》えがいいと有名なのに、今日は車だから飲めないのが残念だな。まあ、ふたりで食事に来ればいいか」

『ふたりで』と言われ、とっさにどう答えていいやらわからない芹花は無言のままうつむいた。

こんな高級ホテルに来る機会が再びあるとは思えない。食器ひとつをとってみても、世界的に有名なブランドのものばかりだ。料理に使われている食材も、普段の芹花の口に入ることはない高価なものだろう。

だが、実家が国内有数のお金持ちである悠生なら食器に限らず高級な物に触れる機会は多かったに違いない。ホテルに着いたとき、悠生は車を預けたホテルマンとは顔なじみのように親しげに話していた。

何度もアマザンホテルに出入りしたことがあるとわかる様子に、芹花は悠生との距離を改めて感じた。気にするほどでもない小さなことだとわかっていても、芹花がそう思うには十分すぎる出来事だった。

中庭での料理の試食に続き、別室に移動してのドレスの試着も予定されていた。けれど、芹花はそれを断った。興味がないわけではないが、悠生との結婚が控えているわけではない。その気になれなかったのだ。

一方、芹花に試着をさせたい悠生は明日も仕事があり、そろそろ帰ろうとロビーに向かって歩いていてもその足取りは重い。

「本当に試着しなくてよかったのか？」

「はい。時間も時間だし、混んでいるはずだからいいんです」

空いていたところで試着する気にはならないだろうけど。

とは口にせず、芹花は微笑んだ。

悠生は残念そうな顔をしたが、頑として譲らない芹花の様子に仕方がないかとあきらめた。

「それに、私たちは結婚するわけではないので」

そう呟いた芹花の胸はちくりと痛んだ。

いくらブライダルフェアにふたりで来たとしても、悠生の知り合いの代わりで特に意味もない。自分に言い聞かせるように心で何度も繰り返し、口元を引き締める。

悠生は芹花の言葉になにも答えず、彼女の手を取った。

「桐原さんの店でいろいろ試着する芹花がかわいかったから今日も期待していたんだ

けど」

悠生は悔しそうだが、単なるドレスではなくウェディングドレスの試着だ。冗談半分で試着した姿を悠生に見せることにためらいも覚える。芹花の心などまるで知らず気安く試着をすすめる悠生を、意地悪だなとも感じた。

「それにしても広いですね。初めてだから、ひとりだと迷ってしまいそう」

芹花は明るく声をあげ、胸に生まれた切なさを押しやった。

「……おいしいワインを飲みに、またふたりで来よう」

悠生はそう言って、芹花の手を強く握った。

芹花は抵抗することなく悠生の手を握り返し、ロビーに向かう。

二十時を過ぎているロビーには大勢の人がいた。海外からの客も多く、聞き慣れない言葉が耳に入ってくる。

ホテルを利用する機会がほとんどない芹花はロビーを興味深げに見回した。

「あ、あの人、杏実が大ファンの俳優さんだ」

ロビーの片隅に、長身でスタイルがいい男性が立っていた。数人のスタッフらしい人が彼をガードしていて、さすが芸能人というオーラに包まれている。

「さすがアマザンですね。芸能人もいるし、さっきはテレビで見たことがある若手の政治家……えっと、生方隼人《うぶかたはやと》さんも通り過ぎていきました」

興奮している芹花を悠生はクスリと笑った。

「あ、竜崎楓《りゅうざきかえで》だ。背が高くて綺麗……写真で見るより断然スタイルもいい」

「ん？」

「ほら、竜崎楓です。撮影でもあったのかな」

芹花はワクワクしながら次第に近づいてくる女性を見つめた。

間違いない、モデルの竜崎楓だ。

最近、フランスの高級ブランドのイメージモデルに選ばれ、大きな話題を呼んだ、今年三十歳のモデル。最近マスコミでも多く取り上げられる美女が目の前に現れ、芹花は彼女から目が離せない。

「わあ、こっちに来る。今日はアマザンに泊まるのかなあ、やっぱり人気モデルだもん、そうだよね」

芹花は感激し、意味なく言葉を口にする。

「悠生さんも竜崎楓のことなら知ってますよね」

芹花はふと悠生を見上げた。上気した顔の芹花とは対照的に悠生の表情は硬い。

「……悠生さん？」

「楓」

芹花の声が聞こえなかったのか悠生は芹花の問いには答えず、ただひと言そう呟いた。スタッフに囲まれ次第に近づいてくる楓を驚いた表情で見ている。

「悠生さん？　あの、もしかして知り合いですか？」

「あ？　ああ、そうだな。楓とは古い知り合いなんだ」

視線を楓に向けたまま、悠生は低い声で頷いた。つながれた手に力が入り、芹花は思わず顔をしかめた。

「悠生さん、あの」

戸惑う芹花に、悠生はハッとしたように「悪い」と口ごもった。

緊張しているのか聞き慣れない硬い声を耳にし、芹花は驚いた。

「悠生よね？　しばらくぶりね」

驚いている声に視線を向ければ、竜崎楓がふたりの前に立ち笑みを浮かべている。

「元気そうだな」

楓の明るい笑顔につられたのか悠生も表情を和らげ優しい声で答えた。

「最近ＣＭでもよく見かけるし大活躍だな」

「そうなの、今もフランスから帰ってきてそのままチェックイン。明日のショーに呼ばれていてね」

「そうか。……よかったな、楽しそうで」

「うん。ありがと。悠生もこの前雑誌で見たわよ。一応一般人なのに、イケメンの御曹司さんは大変ね」

懐かしそうな表情で言葉を交わす美男美女のふたりを見ながら、芹花は「眼福」と言って目を細めた。

長い黒髪をポニーテールにした楓はすっぴんながらも輝いていて、妬むことすらできないほど美しい。世界的なモデルと並んでも引けを取らない悠生もさすがだなと、ぼーっとしてしまう。

「楓、そろそろ行くわよ」

辺りを気にしながら楓のスタッフらしい人が彼女を促した。

見れば、周囲の人たちも楓に気づいたのかざわざわしている。スマホを構える者も増え、楓のスタッフたちが「早く行きましょう」と楓の背中を押した。

「じゃ、悠生またね。あ、お邪魔してごめんなさいね」

慌ただしく立ち去りながら、楓は悠生と芹花にペコリと頭を下げた。

ほんの一瞬楓と視線が合った芹花は、つないでいた悠生の手を思わず振りほどき飛び上がった。

「わ、私に声をかけてくれた……。夢みたい……」

小さなガッツポーズを作りぴょんぴょん跳ねる芹花に、悠生はおかしそうに笑い声をあげた。

「楓のファンなのか？　だったらちゃんと紹介すればよかったな」

「とんでもない。あんな綺麗な人、緊張してまともに話せるとは思えません。見てるだけでいいんです。今日会えただけでもラッキーです」

「綺麗、だな。うん。仕事が楽しくて仕方がないようでよかった」

興奮が冷めないままの芹花の手を再び取り、悠生はゆっくりと歩き出した。

「竜崎さんとは学生時代のお友達かなにかですか？」

悠生と並んで歩きながら、芹花はふと尋ねた。

「いや、仕事を始めた頃に、通っていたジムが同じで知り合ったんだ」

「そう、ですか」

悠生の声は心なしか硬く、それ以上なにも聞いてほしくないと遠回しに言われたようだった。

芹花の歩幅に合わせてくれる悠生の隣は居心地がいい。それどころか少しでも長く手をつないでいたくて、わざとゆっくり歩いてみたり。

すれ違う女性たちが二度見するほど目立つ悠生の隣にいるのがなんの特徴もない自分でいいのかと悩まないわけではない。つり合っていないと納得しているし、周りからそう思われることも自覚している。きっと、さっき会った楓のように綺麗な女性のほうが悠生にはふさわしい。

けれど、一緒にいたい。

ブライダルフェア特有の夢見心地の雰囲気に感化され、おまけに竜崎楓という憧れの人気モデルに出会い、心はふわふわしたまま現実味もない。つないだ悠生の手を見れば、いつの間にか恋人つなぎ。視界にそれを捉えるたび、芹花の心はトクトクと音を立てる。

地下の駐車場に向かって歩いている途中、大きな窓からさっきまでふたりが食事をしていた中庭が見えた。既にブライダルフェアは終わっていたが、中庭の中央にある噴水は鮮やかな色のライトで照らし出されている。

水の動きに合わせて変わる照明の色や角度にふたりして見入る。

「近くからより、ここから見るほうが綺麗だな」

悠生の言葉に芹花は頷いた。

「おいしい物があるとそれに夢中になっちゃうから、こんなに綺麗だと気づきませんでした」

「ここで一枚撮る?」

「え、写真、ですか?」

悠生は内ポケットに入れたままだった芹花のスマホを取り出した。

「ライトアップされた噴水をバックに撮れば、綾子さんも大喜びするだろう?」

悠生はいい考えを思いついたとばかりにそう言って、芹花の肩を抱き寄せた。

芹花は促されるまま隣に立ち、目の前のスマホを見つめた。

「さっき撮って送った写真だけでも今日来た目的は達成したけど、ここで撮らないのはもったいない。恋人同士なら絶対に撮りそうな絶好のスポットだもんな」

「目的を達成?」

振り返れば、ライトアップされた噴水がリズムを取るように踊っている。水しぶきが照明の効果で艶やかに弾けている。

芹花はしばらくの間その輝きに見入った。きゅっと引き締めた唇は微かに震えている。

「そうですね……。絶好のスポットですね」

芹花は体温がすっと下がったような気がした。

アマザンホテルに来たのは綾子に送る写真を撮るためだと悠生に念押しされたようでショックだったのだ。友人の代わりに来たというのは嘘ではないだろうが、写真を撮るには絶好の機会だと思ったのも事実だろう。

芹花の事情を聞き、芹花と恋人同士の振りをして撮影することにも嫌な顔ひとつしないどころか自ら積極的に場所を考え最適な写真を撮ってくれる。今日アマザンで撮った写真もそのひとつだ。

芹花はそのことをちゃんとわかっていた、はずなのに。

いざ悠生の口から『今日来た目的は達成した』とアマザンに来た理由を聞かされて、勝手に傷つき落ち込んだ。

なんて私はわがままなんだろう……。

芹花は体を悠生のスマホに向けながら、なにかを振り切るように拳をぎゅっと握りしめた。

「綾子もきっと喜びますね」

スマホに視線を向けたまま、芹花は悠生に寄り添った。

「芹花？　どうかしたのか？」

どこかぎこちない芹花の様子に気づいた悠生は、スマホを下ろして芹花の顔をのぞき込んだ。

食事の最中も、その後ふたりで手をつなぎ歩くときにも絶えず浮かべていた明るい表情が消えていた。なんでもないようなそぶりを見せているが、さっきまでとはどこか違う。

「体調でも悪いのか？　だったら早く帰ろう」

「大丈夫です。えっと、ちょっと……食べすぎたのかも」

芹花はへへっと笑って肩をすくめた。

「食べすぎって、確かにけっこう食べてたけど」

悠生は納得できないように眉を寄せるが、早く写真を撮ろうと急かす芹花の声に促され再びスマホを構えた。そして芹花の頭に手を回し引き寄せると、そのまま芹花の頬に手を滑らせた。

「熱はないな」

「……大丈夫です」

突然頬を撫でられた芹花は驚き、声も裏返った。

「体調が悪くなければいいけど、まさかブライダルフェアの魔法にかかって夢でも見てるのか？」

からかうような悠生の声に、芹花を気遣う優しさを感じた。

「夢にしてはおいしすぎる料理ばかりでしたよね」

「よっぽど料理が気に入ったんだな。近いうちにまた連れてきてやるよ。じゃあ、撮るぞ」

芹花の笑顔に安心したのか、悠生はホッとしたようにさらに芹花を引き寄せ写真を撮った。そしてふたりでスマホの画面を確認する。

窓越しに見える鮮やかに照らされた噴水を背景に、頬寄せ合う悠生と芹花。

「……いい写真だな。芹花、かわいいな」

耳元に悠生の低い声が響く。近い距離のままその声を聞いていると、それが彼の本心ではないかと誤解しそうになる。

「芹花、照れてる？」

「は？　当たり前です。私、こういうのに慣れてないんです」

図星を指されて焦った芹花は悠生を睨んだ。

「前にも指摘したけど。それで睨んでるつもりなら、ただかわいいだけだぞ」

芹花の肩に置いた手を離そうとしない悠生に、芹花はなぜかホッとする。

きっと声と同じで本当に優しい人なんだろう。自分には関係がないことのために何枚も写真を撮ってくれるほど温かい人だ。

知れば知るほどもっと近づいて、悠生のことを知りたくなる。イケメンの御曹司という肩書だけでない、彼本来の姿を。

「これを綾子さんに送ったら、それこそダメ押しだな。俺と芹花はどう見ても結婚間近の恋人同士だ」

悠生から手渡されたスマホの画面を見ればまさにそのとおり。悠生が口にした『絶好の写真』そのものだ。

そう感じた途端悲しくなり、スマホを持つ手が震えた。

「疲れてるのか？　だったら今回も俺がメッセージを打って送ってもいいか？」

「え、悠生さんが？」

驚く芹花に、悠生はニヤリと口元を上げた。

「そう。効果的なメッセージを思いついたんだ。ちょっと貸して」

悠生は楽しそうに目を細めると再び芹花のスマホを手にし、すばやくメッセージを打ち、写真を添えてあっという間に送信した。

「どんなことを書いたんですか……？」

不安げに画面を確認した芹花は、その内容に顔を赤らめた。

【ブライダルフェア直後は感激のあまり言葉少なめ。ウェディングドレスの試着は後日の予定】

「写真とこのメッセージで俺と芹花は完全に恋人同士だな」

「それは、そうなんですけど」

写真だけを見れば、ふたりは結婚するのを楽しみにしている恋人同士のようだ。悠生は綾子にそう思わせるためにこの写真を送ったのだろうが、本当にこれでいいのかと芹花は複雑な気持ちになる。

おまけにこのメッセージだ。いずれウェディングドレスの試着に来ることが決まっているとしか思えない。

困り切った芹花が悠生の顔を見上げると。

「じゃ、帰ろうか。でも、その前に」

悠生の手が腰に伸び、ぐっと抱き寄せられた。その途端、悠生は芹花にキスを落とした。

「……んっ」

突然のキスを、芹花は身動きせず素直に受け止める。

かすめるだけの軽いキスを何度か繰り返すと、悠生は芹花を抱きしめた。

「なあ、今からでもウェディングドレスの試着に——」

「行きません。今日は無理です」

せがむような悠生の言葉に、芹花はきっぱりとそう言った。まだあきらめていないのかと呆れる中で、それ以上に、今のキスの意味はいったいなんなのかと気になった。やはり恋人らしい写真を撮るために距離を縮めようと考えてキスをしたのだろうか。

この前のキスといい、そうとしか考えられない。

それでも二回目のキスは戸惑いより嬉しさのほうが大きく、自分の気持ちの変化を教えられた。

「ウェディングドレス姿の写真、欲しいんだけど」

悠生は深い息をひとつ吐き出すと、芹花の肩に頭をうずめた。

その甘えるような仕草をかわいいと思いドキドキするが、やはり試着をする気持ちにはなれない。これ以上悠生と写真を撮るのは苦しいのだ。

「そんな写真がなくても、綾子に送る写真はもう十分ですよ。ちゃんと今日の目的は果たせましたし」

「は？　どういうことだ？　写真を撮るためだけにここに連れてきたわけじゃ……」

「気を遣わせてごめんなさい」

明るい声を意識するが、うまく言えたのかどうかわからない。

「ただでさえ私の恋人があの木島悠生だと知られたら大騒ぎ間違いなしなのに、ウェディングドレスの写真なんて送ったら、それこそ地元に強制的に呼び戻されて尋問されます。だから写真のために気を遣わなくても大丈夫です」

相変わらず芹花の肩に顔をうずめたままの悠生に、感謝の思いを込めてそう言った。本心では、まだまだふたりきりの時間を過ごしたいが、これ以上悠生に迷惑をかけるわけにもいかない。スマホの代金以上のものを悠生はとっくに提供してくれているのだから。

そのとき、悠生のくぐもった声が聞こえた。

「……俺はそうは思わないけどな」

「え？」

悠生は芹花の腰に手を回したまま体を起こす。そして不機嫌であることを隠そうとしない表情で口を開いた。

「芹花を傷つけたうえに披露宴に呼ぶような元カレだろ？　おまけに新婦は友達の恋人を平気で奪うような女だ。そんな元カレと別れたおかげで芹花が極上の幸せを手に入れたってとことん教えないとダメだ。自分じゃない男が芹花を幸せにするってことを思い知らせてやれ」

「と言われても……」

冷静な悠生の言葉には納得できるが、芹花にとって修を礼美に奪われた過去はもう大したことではない。それに、当時味わわされた苦しみはゼロではないにしても、憎んだり恨んだりする気持ちはもう消えている。

「修くんと礼美に苦しんでもらいたいわけじゃないので、もう大丈夫です。これまで送った写真があれば地元の友達も――」

ちゃんと披露宴に出席してくれるだろうと言葉を続けようとしたが、なにが気に入らないのか悠生の低い声が芹花の言葉を遮った。

「全然足りないだろう？　あと何枚か写真を送って、確実に俺たちのことを認識させなきゃダメだ」

「そう、ですか……？」

「ああ。当然だろう？」

強い口調に気圧される。写真を撮ることが悠生は面倒ではないのだろうかと芹花は首をかしげるが、これからも時間を作ってくれるのならば正直嬉しい。

「とりあえず、ふたりで指輪を選ばなきゃな」

「え、指輪？」

驚き後ずさる芹花の体を抱きしめ直し、悠生は当然だとでも言うように頷いた。

「そんな……」

芹花は悠生の真意がまるでわからず、心底困ってしまった。

# 第四章　愛してしまった

悠生とアマザンホテルで非現実的な時間を過ごしてから二日。芹花は文字どおり目が回るような忙しい日々を過ごしている。体調を崩した同僚の仕事をいくつか引き受けたのだが、予想以上に大変だった。

「入力完了」

パソコンのエンターキーを押してデータを保存し、芹花は座ったまま両手を伸ばして体をほぐした。

朝から数件の裁判資料の入力を続けた体はかなり強張っている。手元に残る書類の厚みが目に入り、しばらくはこの強張りから解放されそうもないと苦笑した。

時計を見れば十四時を過ぎたばかりだが、今日は残業決定だ。

コーヒーを淹れようと席を立ったとき、それまで席を外していた橋口が戻ってきた。打ち合わせでもしていたのか、何冊ものファイルを机に勢いよく置いた。

その音がやけに大きくて、芹花は思わず視線を向ける。すると、じっと芹花を見ている橋口と視線が合った。

「どうしたの、なにかあったの？」

　無言のまま立ち尽くしている橋口に、芹花は声をかけた。

「今、三井先生と打ち合わせしていたんだけど、途中で先生に出版社からオビのことで連絡があったんだ。……で、先生はクライアントとの打ち合わせに行かなきゃならなくて、俺が代わりに天羽に伝えてくれって頼まれたんだけど」

「あ、うん……」

　芹花の頭に真っ先に浮かんだのは、イラスト集の発売を喜び熱心に企画を進めていた三井の顔だ。出版社の人と詰めなければならないスケジュールや契約に関しても、法律的な知識があったほうがいいと言って、まるで芹花のマネージャーのように引き受けてくれている。

「で、オビがどうかしたの？」

　心なしか声を弾ませ表情も明るい橋口に首をかしげた。

「それがさ、モデルの竜崎楓が天羽のイラストのファンらしくて、イラスト集のオビのコメントを書きたいと言っているらしいんだ」

「えーっ」

　芹花は予想もしなかったことに驚いて声をあげた。

「竜崎楓がコメントを書いてくれるの?」

「ああ。俺も驚いた。まさかあの一流モデルがオビのコメントを書いてくれるなんて奇跡だよな」

芹花は橋口の言葉にうんうんと頷いた。

「あの竜崎楓がコメント……あり得ないけど、嬉しい」

「それで、なんだけど」

突然のことに呆然としている芹花に、橋口が言葉を続けた。

「竜崎楓が一度作者に挨拶をしたいって言ってるんだけど今日しか時間が取れないそうなんだ。出版社の人も今日なら都合がいいらしい。大丈夫だよな?」

期待が込められた橋口の言葉に、芹花は笑った。どうやら橋口は竜崎楓のファンのようだ。

「うーん、今日は残業かなって思ってたんだけど、なんとか頑張って終わらせる。じゃあ、すぐに出版社に電話をして話をしてみるね」

「そうか、じゃあ三井先生にも話をしておいてくれよ。そうか、竜崎楓か……俺も一度会ってみたい。天羽は会えるんだもんな、いいよなあ」

橋口は芹花をうらやむ言葉を口にしながら席に着いた。

芹花は興奮した気持ちを落ち着け、スマホを手に取る。

「竜崎楓がオビのコメント。私の幸運はどこまで続くんだろう。……そういえば」

ふと、アマザンで竜崎楓と悠生が並んでいる姿が浮かんだ。

人気モデルと財閥系企業の御曹司。悠生の隣に並ぶのにふさわしいのは竜崎楓のような女性だなと思い、芹花の胸は少し痛んだ。


その日の夕方、芹花は楓の撮影現場を訪れた。出版社からもふたりが同行し、ちょうど休憩に入っていた楓と挨拶を交わす。

「竜崎楓と申します。今日はこちらの都合に合わせてもらってすみません」

楓は芹花たちに向かって深々と頭を下げた。撮影中ということで美しく施されたメイクやハイブランドのものだろう質のよさそうなパンツスーツを着ている楓はため息が出るほど綺麗だ。

「えっと、あなたが作者の方ですか？」

楓は芹花に向かって問いかけた。

「あ、はい……。天羽芹花と申します」

芹花は楓の美しさに圧倒され、少し言葉がつっかえてしまった。

「オビのコメントは絶対に私が書くって強引に進めてしまってすみません」

心底申し訳なさそうに謝る楓に、芹花は「いえいえ、そんな」と慌てた。

「私、本当にあのホームページのイラストが大好きで、毎月新しいイラストに更新されるのを楽しみにしていて。だから、イラスト集の発売がとても嬉しいんです」

そう言ってくしゃりと顔を崩して笑うと、クールな印象だった楓の表情が一気に温かいものに変わった。有名モデルだというのに腰が低くて親しみやすく、芹花はますます彼女に惹かれた。

楓は顔を赤くしている芹花をじっと見ていたが、間違いないとでもいうように口を開く。

「この前、お会いしましたよね？　アマザンホテルで悠生と一緒にいた方ですよね？　え、あのイラスト集の作者さんて、悠生の恋人だったの？」

楓に顔をのぞき込まれ、芹花は慌てた。

「あの、恋人というわけでは……。でも、覚えてくださっていましたか」

「ふふ、悠生が大切そうに手をつないで、私と会っても離そうとしないなんてびっくりしました。それにとてもかわいらしいから、うちのスタッフのひとりがあの女性は誰だってうるさかったの」

「かわいらしいって、私がですか？ 悠生さんじゃなく？」

言われ慣れない言葉に芹花はきょとんとする。

「まさか、悠生がかわいいなんておかしすぎる。彼はどう見てもクールなイケメン。おまけに超がつく御曹司だし」

楓はおかしそうに笑った。悠生からは古い知り合いだと聞いていたが、かなり親しい関係らしい。

「よければこちらにどうぞ。撮影が押していて少ししか時間がないんですけど」

楓のスタッフがスタジオの片隅に案内する。スチール製の椅子が並ぶ一角に小さなテーブルがあった。

女性の言葉に従って椅子に座り、ポットから注がれたコーヒーの香りに気持ちを落ち着けた。

「それにしても、あの素敵なイラストの作者さんが悠生の恋人だなんてびっくり」

両手を頬に当てた楓は「きゃー、悠生をからかうのが楽しみ」と言いながら体を揺らし笑う。自分の思いつきがよっぽど楽しいのか、ぐふふとモデルらしくない声も聞こえる。

「あの、それは違います。悠生さんと私は別にそんな関係ではなくて」

芹花は真っ赤な顔で反論する。

「照れなくていいのに。だって、アマザンのブライダルフェアに行っていたでしょう？　模擬挙式で新婦役をやっていたモデルは私と同じ事務所の後輩だから遠目に見てたのよ。もちろん、おいしそうにお料理を食べる悠生と芹花さんも確認済み」

にっこり笑う楓に、芹花は反論できず口ごもった。

「だけど悠生って変わったわよね。私と付き合ってたときはお兄さんに負けたくなかったのかストイックで仕事ばかりでつまらなかったけど、今では恋人とブライダルフェアだもん。時間の流れを感じるわ」

おどけて笑う楓に、少し間を置いて芹花は反応した。

「付き合ってた？」

それは、悠生と楓が付き合っていたということだろうか。

美男美女のふたりが並べばそれこそ最強だなと想像し、同時に自分では悠生と並んでも様にならないとも思った。そして、悠生が言っていた古い知り合いとは恋人だったということかと納得する。楓と再会したとき、緊張し不自然な笑みを浮かべていたのは複雑な気持ちだったからだろう。

昔愛した女性との再会にときめいたとしてもおかしくない。ということは、あの日写真を撮ってすぐに芹花にキスをしたのも楓との再会が影響したのかもしれない。ざわめく心を落ち着かせるために、たまたま近くにいた芹花にキスをした。

そう考えればすべてが収まると、芹花は切ないながらも理解した。いくら悠生が義理堅くて優しいといっても誤解してはいけないし、本当の恋人ではないことを忘れてはいけないのだ。

「楓、なんでもかんでも口に出さないの。自分の立場をわきまえて発言してっていつも言ってるでしょ？　この前も自宅まで記者に追いかけられて大変だったんだから。つまらない写真を撮られたりして仕事に影響させないでよ」

楓の言葉をマネージャーが厳しい口調で封じた。

しかし楓は「はーい」と言って聞き流すと、テーブルの上に置いていたノートをペラペラと広げた。

「それで、オビのコメントを考えてみたんだけど。どれがいい？　私の一押しはこれなの」

楓はそれまでのにこやかすぎる様子から一変、きりりとした表情でノートの中の一文を指さす。たちまちその場は『イラスト集のオビコメントをさっさと考えましょう』モードに変わってしまった。

その後、楓の撮影風景をスタジオの片隅で見学させてもらった芹花は、モデルの仕事は想像していた以上に体力が必要で大変なものだと感じた。そのうえ人気モデルのスケジュールはとても過密で、撮影を終えた楓は夜の便で海外に飛ばなくてはならず、そのまま慌ただしく空港に向かった。

忙しいながらも生き生きしている楓は輝いていて、同性ながら惚れ惚れするほど美しかった。

「本当に綺麗な人だった……」

楓の魅力の余韻に浸りながら自宅に帰ると、悠生から電話が入った。

「もしもし。こんばんは……」

スマホの画面に悠生の名前を見たとき、悠生が楓と付き合っていたことを思い出して微かに心が揺れたが、その気持ちを見透かされないよう軽やかな口調で電話に出た。

《あ、こんばんは。えっと、大したことじゃないんだ。楓と会ったって?》

芹花はリビングのソファに腰かけた。

「はい、ついさっきお会いしました」

きっと楓から連絡が入ったのだろうと思い、芹花は切なくなった。悠生が楓と以前付き合っていたとわかって、ただでさえ動揺しているのに、今でも変わらず連絡を取り合う仲だと暗に知らされれば当然だ。
《楓がイラスト集のオビのコメントを申し出たって、そうなのか？》
「ありがたいことにそうなんです」
《そうか。話題のモデルとイラスト集だから大ヒットは間違いないな。海外で仕事があるからって出発前に慌ただしく電話をもらって驚いていたんだ。それに、芹花に会えてかなり喜んでた》
「私も会えて嬉しかったです。撮影も見学させてもらったんですけど、あまりにも綺麗なので圧倒されました」
芹花は悠生と楓の関係を気にしているのを悟られないよう、明るい声でそう言った。そして、以前付き合っていたふたりのことをあれこれ詮索する権利もないと自分に言い聞かせる。
《芹花も楓のファンだったよな？　一流モデルになるとは思ってたけど、こんなに早く有名になるとは思わなかったな。ずっと会ってなかったし、電話も三年ぶりか》
悠生が楓と長く連絡を取り合っていなかったと気づいて、芹花は詰めていた息を吐き出した。
「楓さんと付き合っていたんですよね」

芹花はそんな質問をする自分に驚きつつも、やはり楓のことが気になった。悠生が彼女のことをどう思っていたのか、聞きたいような聞きたくないような、自分でもよくわからない感情があふれた。

《ああ。短い間だったけど付き合っていたんだ。楓はプライベートをあまり公にしていないから、この前は黙っていてごめん》

「いえ、気にしないでください。悠生さんだってマスコミに追いかけられることもあるし、楓さんの気持ちがわかるんですよね。あ、昔からあんなに綺麗だったんですか?」

《昔といっても、初めて会ったときにはもうモデルの仕事をしていたから、もちろん綺麗だった。一緒に歩けば誰からも二度見されるくらい目立ってたし》

過去を懐かしむような悠生の声は優しく、楓を今でも気にかけているとわかる。

アマザンホテルで再会したふたりは懐かしそうに笑みを浮かべ、明るく言葉を交わしていた。互いを憎み合って別れたのではなく、なにか事情があったのかもしれない。

その事情が気になり聞いてみたくなるが、悠生の恋人というわけでもない自分がそこまで深入りできるわけがない。

「あ……」

芹花はスマホを握りしめたまま、自分の立場の曖昧さに愕然《がくぜん》とする。アマザンホテルで初めて楓と顔を合わせてからずっと抱えていた痛みが体中に広がっていく。

「あ……そうか」

気づかない振りをしていたが、事実を受け入れれば切なさと痛みが体に浸潤するのはあっという間だった。芹花は座ったまま体を丸め、広がる痛みをやり過ごす。

その痛みの理由はただひとつ。悠生のことが好きなのだ。

《芹花？　どうした？　さすがに今日は疲れたんじゃないのか》

芹花を心配する声が耳に心地いい。そして、苦しい。

「大丈夫です。モデルさんの撮影現場なんて初めてだから興奮して疲れただけです」

ようやく気づいた本心を隠しながら、芹花は笑った。

《そうか。だったらいいけど》

スマホの向こうで悠生がホッと息をついたのを感じ、芹花は複雑な気持ちになる。会えば絶えず恋人同士のような距離で過ごし、優しいだけじゃない甘い言葉をいくつも口にする。おまけに芹花を抱きしめキスを落とし、今も芹花を心配している。愛されていると誤解しても仕方がないのだ。

芹花は唇をかみしめ、手の中にあるスマホを見つめる。

芹花のスマホが壊れたのがきっかけで悠生と親しくなり、ふたりで会うたび悠生に惹かれた。けれど、悠生は芹花とは別の世界で生きている有名企業の御曹司だ。好きになっても傷つくだけだと、出会った瞬間に心を閉ざした。

そうやって、悠生のどんな甘い言葉も信じないよう踏ん張ってきたけれど……。

好きになってしまった。

《夕食はちゃんと食べたのか？　星野さんの店でハンバーグかなにかを食べてゆっくり寝たほうがいい》

「実はさっき食べました。今日はオムライスを作ってもらったんですけどね」

芹花はふふっと笑い「おいしかったですよ」と続けた。

《俺も星野さんのオムライスは好きなんだ。今度はふたりで食べに行こう。楽しみだな》

芹花を喜ばせるその言葉に芹花は泣きそうになった。それでいて嬉しくてたまらない。

悠生が楓と付き合っていたとき、彼女にも優しい言葉をかけていたのだろうか。

そう考えてすぐ、芹花はぶんぶんと首を振る。そして気分を切り替えるように明るい表情を作った。

「あの、悠生さんが楓さんと歩いていたとき、誰もが楓さんの美しさに振り返ったって言ってましたよね」

《あ、ああ》

悠生は突然話題が変わったことに戸惑い、口ごもる。

「私、それだけじゃないと思うんです」

悠生の反応を無視し、芹花は言葉を続けた。

「二度見されたり振り返られたりするのは、楓さんだけではなかったはずですよ。格好いい悠生さんが気になって振り返る人も多かったと思うんです」

《……芹花？　なんのことだ？》

悠生は芹花の言葉の意味がわからず、まごついた。

「ううん、なんでもないです。ただ、悠生さんも誰もが振り返るくらい格好いいってことです」

しかも、誰もがうらやむほどの家に生まれた御曹司。そして楓は、見た目が抜群なのはもちろん、努力を重ね、モデル界の頂点を目指して輝いている。

容姿も立場も極上だという共通点を持つふたりが並べば人目を引き、誰がどう見ても極上の恋人同士だったはずだ。

芹花はそんな思いを振り切るように首を振った。ふたりはお似合いだとからかうことができないほど、芹花は悠生に惹かれていた。

# 第五章　本当の恋人になりたい

十二月に入ったある日、芹花は事務所のデスクに座って時計とパソコンの画面を交互に見ていた。その表情は硬い。手元には午前中にコピーを終えなければならない資料が積まれているが、彼女には珍しく後回しにされていた。

そのとき、デジタル時計が九時三十分に変わった。

「どうか合格していますように」

芹花は気合を入れて手元のマウスをクリックすると、パソコンの画面にいくつもの数字が表示された。

「……あった。合格したっ」

芹花は椅子の背に勢いよく体を預け、胸元でガッツポーズを作った。座ったまま足をバタバタさせ、何度も「やったー」と口にする。

所長が芹花の絵を気に入ったことがきっかけで有名法律事務所に就職したが、事務所の同僚たちの優秀さや自分の知識のなさを自覚するたび情けない思いをしてきた。

同時に、ひたすら絵を描いてきたこれまでに疑問を持つようになった。

というのも、妹の杏実がピアノのコンクールで賞を獲るたび、両親は杏実の才能に歓喜し期待した。その姿を見るたび芹花は取り残されたような気がし、次第に自分は絵で賞を獲って両親に褒めてもらおうと思いつめるようになったのだ。

そして美大に入学したのだが、入学早々自分の才能のなさに愕然とした。

それでも絵をやめなかったのは、ピアノの才能をどんどん開花させる杏実に負けたくなかったからだ。芹花は両親に認めてもらいたい一心で絵を描き続けた。

けれど、それによって犠牲にしたものも多かったのだと仕事を始めてようやく気づいた。

弁護士たちのサポートも芹花の業務のひとつなのだが、仕事を始めたばかりの頃は出張先の地名もよくわからないし、パソコンに向かってもそれまでイラスト用のソフトを使う程度だったせいか議事録ひとつ作ることができなかった。

そんな芹花の様子を見た同僚たちは、彼女のメインの担当はホームページのイラストを描くことだからとなにも言わず見守っていた。そんな優しさも芹花を傷つけた。イラスト以外、なにも期待されていない状況が情けなくて、生まれて初めて絵以外にも目を向けて、多くの知識を得たいと思うようになった。

そのとき、芹花はようやく杏実への妬ましさと両親への期待、絵を描くことでしか生きられないという呪縛から解放されたのだ。

　同じ頃、事務所の書庫でたまたま見つけたのが宅建の資格試験の参考書だった。司法試験で勉強しなければならない量に比べれば学ぶ法律の量は少ないが、法律初心者の芹花がまず初めに勉強するには挑戦しがいのある資格。もちろん難しい試験であり投げ出したいと思ったことも一度や二度ではなかった。それでも根が真面目な芹花は諦めず勉強を続け、合格することができたのだ。

　いつも穏やかで感情の起伏が少ない彼女が歓喜する姿に、周囲からは驚きの視線が向けられる。

「お、一発合格か。おめでとう」

　ちょうど芹花の近くにいた三井が芹花のパソコン画面を確認しながら笑顔を見せた。

「試験前は睡眠不足で死にそうな顔をしていたから心配したけど、よかったな」

「ありがとうございます。あの頃は、勉強しないと不安になってしまうくらい机に向かってました。合格してよかったです。とはいっても、すぐにこの資格を使って仕事をするわけではないんですけどね」

　そう言って肩をすくめた芹花に、三井は大げさに顔をしかめた。

「そうでないと困るよ。天羽さんは事務所の大きな戦力なんだ。資格を取るのはいいことだけど事務所を辞められたら困るし、寂しいよ」

三井の大きな声に周囲から視線が集まり、あちこちから焦った声があがった。

「え、天羽さん辞めちゃうの？」

「忙しいのはわかるけど、天羽さんが辞めると仕事にならない弁護士ばかりじゃないか？」

「三井所長、辞めないように説得してくださいよ」

弁護士や事務担当、職種は問わず引き止めようとする声が続き、芹花は慌てた。

「あの、違います。私は辞めません。ただ試験に受かっただけで、仕事は今までどおり続けますから」

芹花は思わず立ち上がり釈明する。けれど、この事務所に自分は必要だったのだと教えられたようで嬉しくなった。

「それにしても、仕事をしながら一発で宅建の資格を取るなんて優秀だな」

感心する三井に、芹花は照れくさくて顔を赤らめた。

「イラストの質の高さで採用を決めたようなものだが、事務仕事も完璧だし弁護士からの評判も抜群だ。俺の面接での判断は間違っていなかったな」

三井は満足げに頷いた。

「いずれ宅建の資格を使った職に就くかもしれないが、今回勉強した法律の中には今の仕事に役立つことも多いだろうし、これからもうちで頑張ってくれよ」

「はい。まだまだ頑張ります」

頭を下げた芹花に、三井は「お祝いを考えなきゃなあ」と呟きながら所長室に戻った。

ふたりの様子をうかがっていた周囲からは「おめでとう」という声がちらほら聞こえ、芹花は笑顔で応えた。

芹花はパソコンの画面に表示されている自分の受験番号を見つめながら、再び試験に合格した喜びをかみしめた。

「さ、仕事仕事」

朝から合格発表が気になって仕事が手につかなかったが、今はとにかく立て込んでいる。芹花は気持ちを切り替えると、コピーが必要な机の上の資料を手に取った。

決して今の仕事が嫌だからという転職目的の資格取得ではない。絵が自分のすべてではないことの証明が第一で、そして単なる好奇心。これまで目を向けなかったものへの探求心だ。

働き始めてから肩身が狭い思いをすることが多かったが、今では事務所の誰からも転職を止められるほど頼りにされている。芹花は、自分の力で自分の居場所を見つけ、ちゃんとそこに立てていることを実感した。

その日、芹花は久しぶりに悠生と夕食を共にした。

師走に入り、悠生からは仕事でかなり忙しいと聞かされていたが、メッセージのやりとりや電話は毎日続けていた。その日の些細《ささい》な出来事を話す程度の短いものでも、芹花はそれが楽しみで待ち遠しい。一方で、楓と付き合っていたと聞いて以来、自分と悠生とではやっぱりつり合わないと落ち込み、くよくよする自分が面倒でならない。

おまけにアマザンホテルで見たふたりはどこから見てもお似合いで、割って入れる雰囲気ではなかった。

気持ちがここまですっきりしないのは、フランスでのファッションショーに出演した楓の姿を何度もテレビで観るからだ。特徴的な濃いメイクを施してもなお、彼女の瞳の強さやショーに向き合う覚悟は圧巻で、その姿は日本にも連日届けられていた。

そんな中、予定が変更になり時間ができた悠生から夕食に誘われたのは今日の夕方だった。

芹花は悠生と一週間ぶりに会えることに心を弾ませ、ふたつ返事でＯＫした。

悠生が芹花を連れてきたのは、水炊きが有名な店だった。店内は年末ということで混み合い、ふたりはカウンター席に並んでおいしい料理に舌鼓を打っている。

「せっかく仕事が早く終わったんだから、家に帰って体を休めたほうがよかったんじゃないですか?」

芹花は少し痩せた悠生の体を気遣った。日付が変わっても帰れない日があるほど多忙な彼が心配で仕方がない。それに付き合っているわけではないのだから、わざわざ芹花のために時間を作る必要もないのだ。

「ひとりでゆっくりするより芹花とふたりで出歩くほうが体調にはいい」

そんな気遣いは不要だとばかりに答える悠生の言葉が嬉しくて、それ以上強く言えない自分が情けなくもある。

やっぱり悠生が好きだと感じながら、芹花はその思いを隠すように箸を動かした。

食事を始めて三十分ほどが経ち、ふたりの間では鍋がぐつぐつとおいしそうな音をたてていて、既に小ぶりの徳利が何本か空になっている。

悠生は鍋から肉を取ると、当然のように芹花の碗《わん》に置いた。

「ありがとう。でも自分で取るので、悠生さんは気にせず食べてください」

「大したことじゃないから別にいい。あ、肉の追加をするか?」

「え、いいんですか？　だったらぜひ。……あ、いえ、あの、悠生さんが食べたかったらでいいです」

一瞬弾んだ声をあげた芹花だが、さっき一度追加していることを思い出し慌てて断った。

「まだまだ食べられるだろう？　芹花ならあと五回くらい追加しても完食できると思うけど」

「え、さすがに私でも五回は無理ですよ。でも、三回くらいなら……」

照れながらも箸を休めない芹花に苦笑し、悠生は肉を三人前追加した。

「だけど、資格試験を受けていたなんて知らなかったな。転職を考えてるのか？」

「それはまったく考えてません。ただ、今の仕事に就いてから自分の知らないことばかりだったから勉強しようと思ったんです。悠生さんと会ったのは試験も終わってホッとしていた頃でした」

ホッとすると言いながらも、十月に試験を終えたあとはイラスト集の準備で猛烈に忙しかった。そのイラスト集もあと十日で発売だ。

「あ、そういえばこれ」

芹花は箸を置くと、傍らのバッグから丁寧にたたまれた新聞を取り出した。

それは最近悠生が取材を受けた記事が載っている新聞だが、悠生だけでなく慧太も取材を受けたため、事務所に十部送られてきていた。

「悠生さんの記事、熟読しましたよ」

芹花は新聞を手にふふっと肩をすくめた。

「これから期待される三十代特集に選ばれるなんてすごいですね。写真もこんなに大きくて格好いい」

新聞を広げた芹花は、銀行のロビーにすっと立っている悠生の写真を眺めた。写真でも長身でスタイルがいいとわかる悠生の立ち姿は目を引き、カメラを睨むような表情はとても凛々《りり》しい。

記事には仕事への思いや、いずれ木島グループの経営本体に入り社長に就任予定の兄のサポートをすることが書かれていた。

「うちの慧太先生も載っているので事務所のみんなで新聞を見ていたんですけど、慧太先生派と悠生さん派に分かれて大変だったんです」

「は？　俺派？」

予想外の芹花の言葉に悠生はむせそうになった。

芹花は手元に置いていたハンカチを悠生に手渡しながら、肩を揺らし笑った。

「そうです。慧太先生はあの見た目だし、事務所内でも女性人気は高いんです。まあ、アイドルを応援するファンのようなものですけど。でも、今回慧太先生の隣に写る悠生さんが素敵だって、鞍替《くらが》えする女性が続出したんです」

芹花はからかうような視線を悠生に向けるが、悠生は興味がなさそうに「ふーん」と言って手酌で酒を飲んでいる。

「あ、もしかしたら銀行にファンレターとか来てるんじゃないですか？　この新聞が出てから慧太先生にもたくさん届いてるんですよ」

芹花は手紙の仕分けに時間を割いていたここ数日を思い返した。

「慧太先生にファンが多いのはわかっていたんですけど、全国紙の新聞の力ってすごいですよね」

忙しいと嘆きながらもそれを楽しんでいるような芹花に「かわいいな」とささやいた悠生は、彼女の頬にすっと手を伸ばした。

「『うちの慧太先生』ってのは何度聞いてもイラっとくるけど。その記事を読んで、彼は魅力的だと思ったよ。弁護士の存在意義を自覚していて格好いい。綺麗ごとだと批判されても弱者のそばに身を置いて力を尽くすなんて、普通は照れくさくて口にできないだろ」

「確かに慧太先生は格好よくて素敵なんですけど、悠生さんだって私をかわいいなんてことを……」

どうして照れくさがらすに何度も言うのかわからないと、芹花は心の中で呟いた。今に始まったことではないが、悠生の極甘な言葉と仕草に振り回されている。

そのとき悠生の指が頬を滑り、芹花はびくりと体を震わせた。

久しぶりに悠生と会って緊張し、その気持ちを隠すように食べて飲んで話していたというのに。その努力はあっという間に消えた。

新聞を持つ手に力が入り、紙面にしわができる。

「その記事のおかげで銀行に手紙が届いてるらしいけど。問い合わせメールもけっこうあるらしくて広報の同期にからかわれたよ」

「あ、うちの事務所も似たようなものです。慧太先生への激励メッセージとか」

「生まれが生まれだからマスコミからの注目には慣れてるけど、銀行を巻き込むのは面倒だな。あ、芹花からのメールはないのか？」

顔をのぞき込まれ、芹花は「そんなのあるわけないです」と、どうにもたまらずうつむいた。湯気が上がる鍋をチラリと見れば、鶏肉がおいしそうに揺れている。

「ちょうど鶏が食べ頃です。まずは食べましょう」

芹花は平静を装い、再び箸に手を伸ばした。

「……食べ頃？　芹花はいつなにを食べてもおいしいだろ？」

悠生は呆れたように息をひとつ吐くと、傍らに置いていた芹花のスマホを手に取った。そして、慣れた動きで彼女の肩を抱き寄せる。

「久しぶりに綾子さんに写真を送っておくか」

「写真？　……あっ」

芹花は悠生に近づいた反動で椅子から転げ落ちそうになるが、とっさに悠生は彼女を抱き止めた。すると悠生は頬が触れ合うほど密着している自分たちにスマホを向け、何枚も写真を撮った。

「あの、悠生さん……」

「目を閉じてるのもかわいいけど、やっぱり大きな目をちゃんと開けてるこれがいいな。これなら綾子さんも安心するだろ」

悠生は芹花の肩を抱いたまま片手でスマホを操作し、撮ったばかりの写真を確認している。

芹花はその様子をあきらめたように眺めた。芹花のスマホで写真を撮る悠生を見慣れてきたなとも感じ、不思議な気持ちにもなる。

同時に、万が一ふたりの写真がマスコミに漏れたら大変だと心配していたが、悠生が気軽に綾子に写真を送るのを何度も見ていれば、別に悩むほどのことではないのかと拍子抜けしてしまう。

芹花は体を起こし、鶏を食べようと箸を手にした。追加の肉も届き、悠生が芹花の目の前に置く。

「存分に食べていいぞ」

「悠生さんは食べないの？」

「ああ。芹花が上機嫌で食べるかわいい顔を見ているだけでいい」

「は……まだそんなことを」

芹花は、何度も彼女を期待させる甘い言葉を口にする悠生にどう応えればいいのかわからず黙り込んだ。

「あ、綾子から返事が来たけど。……え、なにこれ」

芹花はスマホの画面を食い入るように見る。

「相変わらず早いな」

悠生は芹花のスマホをのぞき込み、綾子からの返事を読み上げた。

「食べてる写真が多くて新鮮味に欠けます。地元の友達に見せても単なる食べ歩き仲間だと思われそうなので、別のシチュエーションの写真が欲しいです。提案ですが、夜景が綺麗な場所とかどちらかの部屋とか。これぞ御曹司の恋人っていう写真があれば満点です……」

綾子からのメッセージに呆れて顔をしかめた。別のシチュエーションだのこれぞ御曹司の恋人だの勝手な提案をされても、芹花にはこれ以上の写真が必要だとは思えない。

「こんなの気にしないでください。悠生さんは十分すぎるほど協力してくれてるし、こうなったらちゃんと本当のことを綾子に打ち明けて、悠生さんを困らせないように釘を刺しておきます」

「なんで？　そんな必要ないけど」

悠生は即座に反論する。

「それに、綾子さんの提案なら一発でクリアできるし」

お猪口《ちょこ》に残っていたお酒を飲み干しあっさりとそう言った悠生の顔を、芹花はまじまじと見る。

「一発クリア？」

「そう。今すぐにでも」

芹花はニヤリと笑った悠生に不安を覚えた。

「いえ、別に大丈夫です。お気遣いなく……」

芹花は悠生がどんなシチュエーションを思いついたのか気になったが、その気持ちを隠すように箸を動かした。

食事を終えたあと、悠生は躊躇する芹花に構うことなくタクシーに乗り込み自宅の住所を告げる。その地名を聞いた途端、芹花は不安を覚えた。

全国的に高級住宅地として知られ、大手企業の経営者や政治家、有名芸能人らが居を構える場所だ。わかっていたが悠生が御曹司だと実感し、芹花の鼓動はいっそう速くなった。

そして十五分後、タクシーは閑静な住宅街の中に建つマンションの下に停まった。

マンションというよりも高級感あふれるハイツと言ったほうがしっくりくる三階建ての建物。照明の明るさを頼りにじっくり見ても、ゴールがどこだかわからないほど敷地が広い。石造りの外観は重厚で、簡単には部外者の侵入を許さない排他的な雰囲気に満ちていた。

「どう見てもご立派……」

芹花はマンションを見上げ、場違いな場所に連れてこられたなと呆然とした。

「さっさと行くぞ」

「え、でも、やっぱり帰ろうかな、もう遅いし」

しどろもどろに呟く芹花の手を掴み、悠生はマンションに向かって歩き出した。


「綺麗な夜景ですね。地元の夜空に勝るものはないって思ってたけど負けてません」

バルコニーに面したガラス窓から見える夜景に、芹花は感嘆の声をあげた。

悠生の部屋は三階にあり、山手に建っているおかげでバルコニーの向こうには色とりどりの光が輝く夜景が見える。右手には紺色の闇が広がっているが、そういえば海が近かったなと思い出した。

「地元？」

隣に並んだ悠生に、芹花はドキリとした。コートを脱ぎ、ネクタイを外した彼の横顔は穏やかだ。

「はい。数えるくらいのマンションと、広い農地や大きな工場がいくつかあるだけの町だけど、夜空だけは綺麗なんです」

「そうか。ここから星は見えないな。街の灯りが邪魔してるんだろう」

ふたりは空を見上げるが、灰色の空が広がるだけで星は確認できない。

「雲がかかってるんだな。芹花が生まれ育った場所には敵わないだろうけど、晴れた夜にでもまた来たらいい」

芹花は悠生を見上げ、社交辞令だろうかと考える。

「じゃあ、私の地元にも来ますか？　時期によっては口を開けたら星を食べられそうなのどかな町だけど」

おどけたように芹花は笑った。

「いいな、それ。旅行に出る機会もそれほどなかったし、星を見上げるなんて楽しみだな」

「え……？」

まさか悠生がＯＫするとは思っていなかった。

「あの、実家があって家族もいますけど」

それをちゃんとわかっているのかと言外で問いかける。

「妹さん、杏実ちゃんだったよな。ピアノを聴かせてもらえるかな。俺、幼稚園の頃に兄さんと一緒にピアノを習ってたんだけど両手を別々に動かせなくてさ、すぐに断念した」

悠生はくくっと思い出し笑いをする。

「あ、私も。同じ親から生まれたのに、杏実と違ってまるっきり指が動かなくてダメでした」

杏実がピアノを習い始めたとき、せっかく家にピアノがあるのだからと母親にすすめられたのだが、早々に断念した。そして、唯一得意だと言える絵を描き続けた。

何年もの間、努力に努力を重ね、ようやく杏実と並んでも引け目を感じなくなったときにはもう、絵をやめたり別の道に進むことなどできなくなっていた。そこまで自分を追い詰めていたのだ。

「そういえば、悠生さんのお兄さんもピアノが趣味なんですよね。この前、雑誌でお兄さんのインタビュー記事を読んだんです」

「うん。高校生の頃まで兄さんは趣味の範疇《はんちゅう》とは思えないほどピアノにのめり込んでいたんだ。有名な先生に師事していたし、コンクールで何度も入賞してた」

「だったら音大に入ればよかったのに……といっても無理ですね」

日本だけでなく世界にも事業を広げている企業の後継者だ、趣味なら許されても本業にすることは許されないはずだ。

「そのうち俺が兄さんの片腕になってサポートできるようになれば、ピアノを楽しめる時間を作ってやれるんだけど」
心なしか硬い声が部屋に響く。
「お兄さんとは仲がいいんですか？」
「今は仲がいいけど、仕事を始める前はそうでもなかったかな。年が五つ離れてるし
なにをやってもそつなくこなす兄さんがうらやましくて苦手だった。ピアノも勉強も
勝ったことなんてないし」
そう言いながらも口調は優しく、うらやんでいる様子でもない。
「新聞の取材だって、急ぎの仕事で海外に行くことになった兄さんの代わりに俺が受
けたんだ」
「え、そうなんですか？」
思ってもみなかったことを聞いて、芹花は大きな声をあげた。
「これからを期待される三十代なんてテーマなら、俺より兄さんのほうがふさわしい
からな」
芹花は淡々と話す悠生の言葉に切なさを感じた。
「まあ、マスコミが苦手な兄さんよりも俺のほうが慣れてるし、いいんだけど」
悠生の言葉に自分を納得させるような響きを感じて見上げれば、その目は笑ってい

なかった。

　それ以上なにも言うつもりはないようだが、芹花は悠生の気持ちがわかるような気がした。優秀な兄弟を持つ複雑な思いを芹花も抱えているからだ。

「せっかく芹花が隣にいるから少しでも星が見たいんだけど、やっぱり今夜は無理だな」

　夜空に向けられた悠生の視線をたどると、瞳を揺らして星を探している。

　子供みたいだな、と芹花はそっと笑った。

「星がいくつか見えるときがあるんだよな」

「なんだか宝探しみたいですね」

「宝探しか。だったらそのうち、宝でいっぱいの夜空を楽しみたいな」

　やはり地元に来るつもりのようだ。芹花はどう受け止めればいいのか戸惑うが、ふたりで夜空を見上げるのも悪くないなと思う。けれど……。

　その場合、ふたりの関係はどう説明すればいいのかと、悩む。

「あ、でも最近開発が進んでいて、前ほど星が見えないかもしれません。ここに比べれば全然都会じゃないけど、地元の夜空も今では宝探し状態かも」

　綾子と話をしたときは以前よりも地元での求人が増えると喜んだが、期待どおりの星空を悠生に見せてあげられないのなら残念だ。

「披露宴で地元に帰ったときに、変わらず星が見えるか確認してきます」

「わかった。だけど、俺だけの宝物はここにあるんだよな」

芹花の腰を悠生が抱き寄せた。

「ん？　宝物？」

「そう、かわいくて、絵が上手な宝物」

いつものように突然抱きしめられて、芹花の体は震えた。

「……写真、撮りますか？」

この流れでいけば、綾子に送るためにスマホを構えるはずだ。写真のためだと自分に言い聞かせて悠生に体を預けた。何度もこうして抱きしめられれば、その居心地のよさが芹花を素直にさせる後押しとなる。

「綾子のリクエストにぴったりだから、きっと大喜びですね」

「そうだな。じゃあ、とりあえず撮ろうか」

悠生は芹花からスマホを受け取ると、芹花とさらに寄り添いシャッターを切った。

確認した写真には、これまでよりも大きな笑みを浮かべたふたりがいる。

芹花は早速その写真を綾子に送った。

「本当に綾子の条件を一発クリアしちゃいましたね。恋人の部屋で夜景と共に写真を撮る。さすが御曹司」

肩を抱く悠生の温かさが照れくさく、芹花はつい早口になる。

「この家は長く住んでいるんですか？　それにしては物が少ないような気がしますけど」

部屋を見回せば、二十畳ほどのリビングには六十インチはあるだろう壁掛けのテレビと、オフホワイトのL字型ソファ、あとはガラスのテーブルがあるだけで、部屋の隅には雑誌や本が高く積み上げられている。

「引っ越してきたばかりとか？」

「んー二カ月くらい？　忙しくてなかなか家具も増えないんだ。とりあえず買ったのは寝室のベッドと必要最低限の電化製品くらいかな。あ、コーヒーでも淹れようか」

コーヒーと言われ、芹花はふと我に返る。

悠生と離れがたくて流されるように自宅を訪ねたが、既に写真を撮って綾子に送った。このまま悠生の部屋でふたりきりでコーヒーを飲むのはいかがなものか。冷静に考えればさっさと帰るべきだ。

ちゃんと言葉をもらったわけじゃない。好きだとも、この先どうしようと言われたわけじゃないこともわかっている。けれど、瞬きをするたびに揺れるまつ毛ですらはっきりと見えるほど悠生の近くにいられるこの時間を手放したくない。

「芹花？」

悠生は黙り込んだ芹花をいぶかしげに見た。

「どうした？　今頃酔いが回ったか？」

悠生が喉の奥で笑った。その声はとても優しく耳に心地いい。

どうして悠生は何度も芹花と会うのか、会えば恋人同士のような距離で過ごすのか、そして多少なりともリスクがあるはずの芹花とふたりの写真を撮っては綾子に送るのかもわからない。それでも、芹花は彼の笑い声をまだまだ聞いていたいと思った。

「あの、コーヒーだったら私が淹れてもいいですか？」

なにかをしていなければ自分の気持ちを吐き出してしまいそうで、早口で問いかけた。

「……じゃあ、機械の使い方を教える」

悠生はしばらくの間芹花を見つめると、芹花の背に手を回したままキッチンへと向かった。

「すごい……本格的なコーヒーメーカーですね」

「星野さんの影響。うちでもおいしいコーヒーが飲みたくて買ったんだ」

そのときスマホの音が部屋に響き、ふたりは顔を見合わせる。

「綾子がまた写真のリクエストをしてきたのかな」

芹花は手にしたスマホを確認した。

「あ、母からです。披露宴のことかな」

芹花はこの前も悠生といるときに母から電話があったと思い出しながら、スマホをタップした。

「もしもし母さん？　どうしたの？」

《あのね、杏実が希望していた音大の試験に合格したのよ。それも特待生だから、学費はすべて免除だって》

挨拶もなく母親の大きな声が聞こえ、芹花は目を丸くした。

「特待生？　え、入試って年明けじゃなかったの？」

一月の入試に備え、お正月返上でピアノのレッスンを受けると聞いていた。その費用の一部を芹花がサポートしようと思っていたのだが、必要ないのだろうか。

《それがね、夏のコンクールで入賞したから推薦枠で受験しないかって音大から高校に連絡があったの。推薦枠とはいっても倍率は三十倍の難関なのに見事合格。芹花は

忙しそうだから結果が出るまで言わないでいたのよ》
「特待生か、杏実すごいね」
《でしょう？　昔から才能があるって思っていたけど、まさか学費免除になるなんてびっくりだわ》
弾む母の声を聞きながら、芹花は気持ちを落ち着けるようにバルコニーの向こうの夜景をぼんやりと見る。
自慢の娘である杏実を誇らしげに話す母親には慣れているが、大人になった今でも変わらず複雑な気持ちになる。
《杏実が通う高校からあの音大に合格したのは杏実が初めてなの。それも特待生。本当に自慢の娘よね》
「うん……」
母親の甲高い声に耳を傾けながら、芹花の表情は次第に曇っていく。夜景を見つめることで動揺を抑えようとしても瞳は潤み、唇は震える。
杏実の音大合格はもちろん嬉しいし、彼女のこれまでの努力を考えれば本当によかったと祝福したいが、覚悟していた以上に芹花の心は荒れている。
《音大に入っても必ずプロになれるわけじゃないけど、杏実には才能があるし、初志

貫徹で立派なピアニストになれるはずよね》

「初志貫徹……」

そう呟いた芹花は自分のこれまでを振り返り、きゅっと唇を結んだ。

杏実と違い、絵で自分の人生を輝かせることができなかった。そう思った途端、彼女の足元のカーペットに水玉がいくつか浮かんだ。

それが自分が流した涙だと気づき、慌ててしゃがみ込む。指先で何度も水玉をなぞって拭き取ろうとするが増えるばかりだ。

そのとき、芹花の手を悠生が掴んだ。ハッと視線を上げれば、悠生が心配そうに芹花を見つめていた。

「あ……あの」

芹花と同じようにしゃがみ込んだ悠生は掴んだ彼女の手をそっと引き、抱きしめた。

「あ……」

悠生は芹花の背中をポンポンと励ますように叩《たた》く。もぞもぞと動いた芹花は悠生の胸に顔を押しつけた。

芹花の手から落ちたスマホの画面を悠生がタップして、スピーカーモードにする。

《芹花どうしたの？　聞いてる？》

母の声が部屋に響く。

「うん、聞いてる」

泣いていることを悟られないよう必要以上に高い声で答えた。

《あのね、杏実の大学の授業料の心配もなくなったし、芹花はこっちに帰ってきなさい》

「え、帰るって、どうして？」

母親の言葉に、芹花は悠生のシャツをぎゅっと握りしめた。

《だって音大の学費なら杏実が自分の才能でクリアしたし、芹花がこれ以上やりたくもない仕事を続けて仕送りをする必要はないのよ。だったらこっちに帰ってきてお見合いでもしたらどう？》

「お見合い？」

予想外の言葉に身を起こした。

《そうよ。美大を卒業したけど絵で生活しているわけじゃなし。結婚して趣味で絵を楽しむ程度が芹花にはちょうどいいんじゃない？》

母親の押しの強さには慣れているが、自分が残念な娘のように言われることには今も慣れない。

両親は芹花をないがしろにしていたわけではなく、ちゃんと愛情を注いで芹花を育てたのだが、杏実のピアノの才能がずば抜けていたせいで芹花への興味は杏実よりも薄かった。おまけに法律事務所に就職が決まった途端、完全に期待されなくなった。

《礼美さんの結婚式の翌日にお見合いの予定でいてちょうだい。お相手は高校の先生で、見た目も抜群。期待していいわよ》

「そんな突然……。お見合いなんてしないし。私にもこっちでの生活があるから」

疲れたようにそう言って、頬に残っている涙を手の甲でぬぐった。

「杏実には『おめでとう』って伝えておいて。それとお見合いは――」

《そうだ、今どき振袖でお見合いって流行《はや》らないでしょう？　こっちでちゃんとした服を用意しておくから心配しなくていいわよ》

芹花の言葉を遮り、母親は早口でまくし立てる。

「母さん、だから――」

《もう遅いから切るわね。とにかく、お見合いの日まで体調を整えておくのよ。じゃあね》

「あ、母さん、もしもし……切れてる」

芹花は唇をかみしめた。目の奥が熱くなり、再びこぼれ落ちそうな涙をこらえる。

母親との電話が終わったのを確認した悠生は芹花の顔をのぞき込んだ。

「目が真っ赤だ。いつものかわいい顔もいいけど、好きな女の泣き顔はたまらないな」

「たまらないって他人事《ひとごと》みたいに……え、好きな女？」

悠生がいつもと変わらない声でとんでもないことを口走ったような気がして、芹花は黙り込んだ。聞き間違いだろうかと思い「好きな、女？」と問いかける。

「そう、好きな女」

今度こそ、聞き間違いではない。芹花は信じられず目を丸くした。

「でも、楓さんが」

芹花の口から出たその名前に悠生は眉を寄せた。

「なんで楓の名前が出てくるんだ？　ここは『私も好き』って答えて抱き合うところだろう？」

「私が悠生さんを好きって、どうしてわかったんですか……あ、ちが……わない、けど。でもこんなときに」

真っ赤な顔で芹花は焦る。

「確かに昔、楓とは付き合っていたけど、お互いに目指すものが違うと早々に気づいてすんなり別れたんだ。今はモデルの仕事がうまくいくように彼女を応援してるけど、それだけ」

悠生は今でも楓のことが好きなのだろうかと悩んでいたが、きっぱりと否定された。淡々と話す悠生の表情は、ごまかしているようには見えない。芹花は悠生の腕の中で姿勢を整え、気持ちを落ち着ける。

「あの、私を好きって本当ですか？」

「ああ。絵にしか興味がないのかと思えば終電帰りになるほど仕事も一生懸命。資格試験にも合格する頑張り屋だし」

悠生は、何度も涙をぬぐって赤くなった芹花の頬を指先で撫でる。そのまま手のひらで彼女の頬を包んだ。

「それなりにマスコミで騒がれてる俺のことも知らないどころか、知ってもスマホの弁償すらさせてくれない珍しい女だよな」

呆れた声でそう言った悠生は「そんなところに惹かれる俺も珍しい男だな」と肩を揺らした。

「私みたいな特にこれというものも持たない女を好きなんて本当に珍しいですよ。楓さんのように、それこそ世間の誰もが憧れる女性と付き合ってきたのに」

芹花の声が次第に小さくなる。

「芹花には絵があるだろ？　もうすぐイラスト集が店頭に並ぶのに、それはどうなるんだ？」

「イラスト集は、たまたまＳＮＳで広まったから。運がよかっただけです」

たとえ絵を多少上手に描けるとしても、自分はこれという強みを持たないことを芹花はよくわかっている。

「母さんの言葉どおり、美大に入ってもパッとしなかった。杏実と張り合って絵を描いていたようなものだったから、結果が出なくても当然です」

悠生は芹花の体を抱き留めた。

「俺は絵の良し悪しも賞を獲ることの価値もよくわからないけど。芹花が描くイラストは毎月楽しみにしてる」

芹花はおずおずと顔を上げた。

「ちなみに、うちの銀行の女の子は雪山のイラストを見たときにゲレンデを颯爽《さっそう》と滑るイケメンを想像して、早速その週末スキーに行っていた。それくらい芹花のイラストは想像力をかき立てられるんだ。ある意味賞を獲るよりすごいと思うけど」

それ以外にも思い出すことがあるのか、悠生は「そういえば……」と面白おかしく芹花のイラストについて話し始めた。その内容は、どれもが芹花のイラストをじっくりと見ている人にしかできない話だった。

イラストに注目する人が多いのは事務所のサイトへの書き込みや出版社の人の言葉から知っていたが、具体的に聞いたのは初めてだ。

「イラストを気にかけてもらえて嬉しいです」

芹花は、頬に添えられた悠生の手に自分の手を重ねた。

「スキーに行った女性の方にも、機会があったらお礼を言っておいてください」

気持ちが持ち直しつつある芹花は、この場の空気を変えるように明るく呟いた。

「いや、お礼を言われるのは芹花のほうだ」

「は？」

「スキー場で転んだ彼女を助けた男性と先月結婚した。今は幸せな新婚さん」

「わあ、すごいですね」

驚きの声をあげた芹花に、悠生は「縁があったんだな、きっと」と感慨深げに頷いた。そして、すごいと何度も口にする芹花をいっそう強く抱き寄せる。

「悠生さん……？」

「他にも芹花の絵が好きな人は大勢いるはずだし、その人を幸せにしてるかもしれない。だからお母さんがどう思っていても関係ない。泣く必要もない」

「はい……そうですね」

耳元に響く悠生の言葉に、荒れていた芹花の心は落ち着きを取り戻していく。

これまで、自分が本当にやりたいことなのかを考えることなく絵を描き続けていた。それでも、いつも迷っていた。

そんな悶々《もんもん》とした学生生活を続けるうちに、結果を出せない人は自分以外にもたくさんいることや、絵は人生の楽しみのひとつと考え、他にも興味を持ったものがあれば前向きにチャレンジしている人が多いと知った。

目が覚めたような気がした。そう、絵が得意な人すべてが絵で結果を出さなくてはならないわけではない、他に目を向けてもいいと思ったのだ。

そんな自分と素直に向き合えば、杏実と比べられる苦しさからも解放されたような気がした。

けれど、運命というのは不思議なもので、絵から離れた人生を楽しもうと決めたと同時にイラストがきっかけで足を踏み入れることになった法律の世界。完全には絵から離れられなかったが、自分がそれまで知ることのなかった世界は新鮮で、自分がどれほど偏った知識しかなかったのかを自覚した。

そして、絵以外の仕事でも事務所に貢献しなければと決意しての資格取得だった。

「今、仕事が楽しいんです。弁護士さんのお手伝いですけど、ようやくスムーズに処理できるようになったし充実してます」

母親の言葉に混乱し涙を流した芹花だが、悠生のおかげで自分の選択は間違いではなかったと確認できた。

「そうか。宅建の資格を取れるくらいだから、今の仕事を突き詰めれば絵以外の才能を見つけられるかもしれないな」

「それは大げさですけど、頑張ります」

前向きな気持ちでそう言った芹花は、悠生の顔を見上げ照れくさそうに笑った。

「なんだか力が抜けたような気がする」

芹花はふうっと息を吐き、悠生に身を委ねた。

「そうだな、重くなった」

「うそ、重い？」

慌てて起き上がろうとする芹花を、悠生は抱きしめた。

「じっとしてろ。重いといっても芹花の細すぎる体くらい平気だ。それに、好きな女が腕にいるのに逃がすわけないだろう」

「そんなことばかり言われても、どうしていいのか……」

好きだと何度も伝えらえて体中が熱くなるのを感じ、芹花は黙り込む。

「芹花は？　俺から逃げたいか？　そんなわけないよな」

どうしていつもこんなに自信があるんだろうと芹花は思うが、もちろん頷く以外ない。

「ん？　違うのか？」

「……違わないし、逃げません。だって私」

悠生に促されるように口を開いた芹花だが、そこで小さく息を吐き出した。好きだと言いたくてたまらない。それでもやはり照れくさい。

「えっと、私もですね、その」

視線を泳がせ、意味のない言葉を繰り返す。素直に答えればいいだけだとわかっていてもなかなか難しい。

「仕方ないな。じゃあ、俺の言うことに頷けばいい。簡単だろ？」

ドギマギしていた芹花はひとまず頷くが、緊張しているとわかる彼女の表情に悠生は頬を緩めた。そしてニヤリと笑う。

「芹花は俺のことが好きだよな」

直球すぎる言葉に、芹花は瞬きを繰り返した。

悠生は余裕のある顔を近づけ答えを促す。

「違うのか？　俺の勘違い？　そうか、残念だな」

次第に小さくなる悠生の声に、芹花は慌てて答えた。

「え、勘違いじゃないです。好きです、多分、初めて会ったときから気になってました」

「うん。俺も一緒にハンバーグを食べたあのときから忘れられなかった。気が合うな」

にんまりと笑われ、芹花はこくりと頷いた。照れくさくて恥ずかしくてたまらないが、自分と同じ気持ちだと教えてくれた悠生のことが愛しくてたまらない。

会えば親密な距離感で甘すぎる言葉をかけられ、そのたびに芹花は悠生の気持ちを誤解してはいけないと気を引き締めてきた。けれど、そんなこと、もう必要ないのだ。

たまらず両手を悠生の首に伸ばし、しがみついた。

唇が悠生の首筋に触れ、逃げたくなるほど恥ずかしい。けれど、恥ずかしさ以上の喜びに体は震えている。

「写真を撮るだけの見せかけの恋人は嫌だってずっと思ってました」

好きだとひと言言葉にすれば、素直な気持ちが次々と口を衝いて出てくる。

恋人の振りをした写真ばかりを撮っていたことも、今はもうどうでもいいような気がした。礼美と修の披露宴に友達がちゃんと出席するようになんて理由、大したことではないとも。

悠生のことだけでいい、他にはなにも考えられない。

「芹花」

悠生の低い声が芹花の胸を震わせた途端、彼女の体はくるりと回り、カーペットに押さえつけられていた。目の前には悠生の顔、そしてその向こうにベージュの天井がある。

悠生の手が芹花の柔らかい髪を何度か梳く。その仕草がやけに甘くて気持ちがいい。

芹花はその刺激に笑い声をあげた。

「余裕だな」

悠生もつられたように小さく笑った。

「余裕なんてないです。ただ、悠生さんが近くて格好よくて見るのが恥ずかしいけど、見なきゃもったいないから」

「そうだな。俺だって、好きな女が俺を好きだと言って体全部が震えてるんだ。瞬きするのも惜しいくらい煽《あお》られてる」

悠生は芹花に唇を重ねた。芹花も自分から唇を重ね、彼の体を引き寄せた。互いの熱を楽しむうちに自然と舌が絡み合う。初めて知る悠生の熱に芹花がぎこちなく応えていると、深い吐息のあと、悠生の舌は芹花の口を支配するように動き始めた。

「ん……」

芹花は息苦しさを覚えながらも、悠生を抱きしめる手に力を込めた。唇を重ねたまま呼吸し、自らも悠生の舌を探す。

芹花の耳元を撫でていた悠生の手が鎖骨から胸元に移り、芹花の柔らかな胸にたどり着く。思わずピクリと震えた彼女に構うことなく悠生の指先が敏感な場所を刺激した。

「はあ……っ」

悠生の手が、服の上から形を変えるように芹花の胸を揉み上げた。焦らすような動きが繰り返され、これまで感じたことのない悦びが芹花の体に一気に広がる。

思わず跳ねた体は悠生の体すべてで押さえつけられ、そのまま熱となって居据わった。

「芹花」

荒い息遣いと汗ばんだ肌のせいか、悠生がやけに色っぽく見えた。悠生は額と額を合わせると艶やかに笑った。

「……泊まっていく？」

それを芹花が断るとは思っていないだろう声と表情。芹花は落ち着かない呼吸の途中でこくりと頷いた。それが意味することなら、もちろんわかっている。

後悔しないという確信はない。けれど芹花が頷いた途端、ホッとしたような顔を向けられれば、このまま帰ることなどできない。

修しか知らない体が悠生をガッカリさせないか不安はある。それでも。

「今はまだ俺のほうが芹花のことを好きだけど、なるべく早く追いついてくれ」

色気たっぷりにささやかれると、その誤解を解く余裕を失うほど気持ちはいっぱいになり芹花の迷いは消え去った。

「……好き」

「それしか言えないのか」と悠生に笑われながらも同じ言葉を繰り返し、芹花は目を閉じた。

# 第六章　私、愛されています

悠生の部屋でひと晩を過ごした翌朝、芹花は悠生が運転する車で自宅に戻った。二日続けて同じ服で出勤する勇気がなかったのだ。

仕事がたて込んでいるという悠生は芹花の部屋に立ち寄る余裕もなく、名残惜《なごりお》しそうに職場へと向かった。

芹花もようやく気持ちが通じ合った悠生と少しでも長く一緒にいたかったが、悠生同様仕事が忙しく、次はいつ会えるのだろうかと寂しさを感じながら見送った。

普段より少し遅れて出勤した芹花に、隣の席で既に仕事を始めていた橋口が待ち構えていたように話しかけてきた。

「さっき出版社から電話があって、イラスト集の重版が決まったらしいぞ」

早口でそう言った橋口は、芹花の肩をポンと叩き「よかったな」と笑顔を見せた。

「本当？　でも、発売までまだ一週間以上あるのに、そんな賭けみたいなことをして大丈夫なのかな」

芹花は机にバッグを置くと、マフラーを外しコートを脱いだ。

「予約がかなり入ってるっていうのは聞いてたけど、出版社も強気だね。ん？　橋口くん、どうかした？」

橋口が困ったような表情で芹花を見つめている。

「あの、私、なにかおかしい？」

芹花は自分がおかしな格好でもしているのだろうかと不安になり、自分の体を見下ろした。

「天羽、あまり動かないほうがいいな。ここ、見えないように気をつけろ」

「え、ここ？」

芹花は橋口が指さした首元を手で押さえた。首回りが深く開いているニットセーターを着ているせいで、指先が鎖骨に触れた。

「セーターとの境目辺り、動いたらたまに見えるぞ。真っ赤な独占欲が」

「真っ赤な独占欲……あっ」

昨夜愛し合ったときに悠生が残したキスマークだろうと思い当たる。

橋口は辺りを気にしながら、小声で芹花をからかった。

「仕事を始めてしばらく経った頃に恋人と別れたって言ってただろ？　それ以来なんの話もないから俺の友達でも紹介しようかと思ってたけど、その必要はなかったな」

「う、うん……。必要はないのでご心配なく」

芹花は真っ赤な独占欲とやらを気にしながらコクコクと頷いた。

「えっと、ロッカーにスカーフがあるから、あとで取ってこようかな」

胸元を気にしながら呟く芹花に、橋口は複雑な表情を浮かべた。

恋人は、見えそうで見えない場所にキスマークを残して芹花の周りにいる男性を牽《けん》制《せい》するほど芹花に惚れているらしい。だとすれば、芹花がスカーフで隠すなど許さないはずだが。

「愛されてるってことだな」

小声でからかう橋口に、芹花の顔があっという間に赤みを帯びた。

黒目がちな瞳をいっそう大きく開いて笑みを浮かべた芹花を、橋口はまじまじと見つめた。こんな華やいだ雰囲気をまとう芹花を見るのは初めてなのだ。

「とりあえず、ロッカーからスカーフを取ってくるね」

芹花は照れくさそうにそう言ってロッカー室に向かった。

「幸せそうでなにより」

弾む足取りでパーティションの向こうに消える芹花を見ながら橋口は肩をすくめた。

その後数日、ふとした瞬間に悠生を思い出しては頬を緩めることも多かったが、その都度芹花は心を引き締めた。ただでさえ忙しい毎日に、浮かれた気分を持ち込んで業務を遅らせるわけにはいかない。

事務職だとはいっても、人の人生を左右する弁護士のサポートをしている。ミスひとつが取り返しのつかないことにつながる場合もあるからだ。

手元のスマホを見れば十九時を過ぎていた。お腹もすいているが、今日中に仕上げておきたい資料がありパソコンに向かっている。

すると突然、視界の隅になにかが置かれた。顔を上げると、笑顔の三井が立っていた。

「お疲れさま。さっき宅配で事務所宛てに二十冊届いたんだけど、まずは作者の天羽さんに渡してくれって電話もあった」

「あ、できあがったんですね」

「ああ、おめでとう。いいものに仕上がったみたいでよかったな」

芹花は手元に置かれたイラスト集を慎重に手に取った。光沢があるつやつやの表紙をそっと撫で、湧き上がる喜びを必死で抑える。そして、銀色のオビに書かれているコメントを確認した。

「あれ、変わってる。印刷前に聞いたコメントと違います」

芹花は改めてオビに視線を落とした。

当初は二十文字程度の感想で、とにかく見る価値あり、という意味の熱いコメントだったと思い出す。けれど、芹花が今手にしているイラスト集のオビにはまったく違うコメントが載っている。

【もう、大丈夫】

ただひと言、オビの中央に毛筆で書かれたのであろう紫の大きな文字が目立っている。

芹花は指先でそっと撫でた。そして短いながらも心に残るコメントを何度か口の中で繰り返す。

このコメントに込められた楓の思いを察することができるほど親しいわけではないが、これまで絵を描くことだけにしがみつき、狭い視野の中で生きてきた芹花の未来を明るく応援してくれていると、あり得ないことまで想像した。

「出版社から電話があったときに頼まれたんだが」

「え、なんですか？」

打って変わって真面目な表情を浮かべる三井に、芹花は眉を寄せた。

「二度目の重版が決まったらしい。ネットと店頭への予約だけでかなりの数が入っていて、発売日まで印刷所はフル回転だそうだ」

「え、本当ですか？　嬉しいですけど……まさか二度目があるなんて思わなかったです」

芹花は信じられない思いでイラスト集を見つめた。

「そこでだ。出版社としては、ここで勝負をかけるというか会社一丸となって売っていくらしい」

興奮している芹花に三井はためらいがちに言葉を続ける。

「簡単に言えば、天羽さんのサイン会をしたいからぜひとも説得してくれと頼まれたんだな、うん」

芹花がこれまでサイン会の話を断っていることを知っている三井は視線を泳がせた。

「三井所長……」

決して無理強いしようとしない三井に芹花の心は温かくなる。

三井がイラスト集の発売を機に弁護士という存在を身近なものに感じてほしいと願っていることも、サイン会を開いてイラスト集の売り上げを伸ばしたい出版社の意向もよくわかっている。それでもやはり、運とタイミングだけでイラスト集を発売することになった自分に自信がなくて踏み切れなかった。

芹花は再び楓のコメントに視線を落とす。

「もう、大丈夫……」

口に出せば、なにもかもがうまくいくような気持ちになる。

芹花のイラストを心待ちにし発売前に予約までしてイラスト集の発売を楽しみにしている人の存在が、その言葉の向こう側にある。なにより芹花自身を肯定し、愛してくれる悠生がいる。悩み苦しみながらも自分で選んできた人生は間違っていなかったのだ。

決して運とタイミングだけではなく、自分自身の努力の積み重ねがあったからこそ今にたどり着いた。

「サイン会にたくさんの人が集まってくれるといいんですけど……」

頼りない響きだが決意が感じられる言葉に、三井は芹花を安心させるように大きく頷いた。

表紙のイラストは芹花の自信作だが、オビの文字も素敵。楓のコメントによってイラスト集の価値が上がったように見えるのは気のせいじゃないはずだ。

オビだけでなく、こうして一冊のイラスト集が完成したのは多くの人のおかげであり、その熱意への感謝とお礼というわけではないが、怖がって逃げている場合ではない。

「きっと大勢の人が来てくれるはずだよ。天羽さんの絵に力をもらっているたくさんの人が駆けつけてくれるに違いない。それに、顔出しをして問題が生じたら事務所の弁護士総出で天羽さんを守るから安心してくれ」

芹花は三井の力強い言葉に気圧され思わず後ずさるが、気持ちは前向きだ。

「サイン会、します。なにかあればよろしくお願いしますね、三井先生」

不安はゼロではないようだが、どこか吹っ切れた表情でそう言った芹花に、三井は「任せておけ」と力強く答えた。

その後、三井は出版社に連絡を入れ、サイン会の前に芹花のプロフィールを公表しようということになった。芹花に動揺はなかったが、家族にはあらかじめ伝えておかなければならないと気づき焦った。

出版社は大急ぎでサイン会の日程を組み、発売日から一週間の間に、都市部の大型書店三カ所と地方の一カ所でサイン会を開くことになった。

「昼からずっとこもってるけど、大丈夫か？」

会議室で資料作りを続けている芹花の様子を見に、橋口がやってきた。昼食後、急ぎの仕事に集中しようと会議室にいる芹花を気にかけてくれたようだ。

「あ、これ、サイン会の予定表が届いた。最初のサイン会は発売日当日なんだけど、天羽が結婚式でどうしても地元に帰らないといけないってことで、その地元でサイン会だってさ」

「地元？　あんな田舎町のどこでサイン会？」

予定表を見れば、そこには計四回のサイン会の日程が書かれていて、芹花の地元の名前もあった。

「ほんとだ。十八時スタートってことは、披露宴が十三時からだから間に合いそうだけど。あ、この書店って、綾子と杏実から聞いた二十四時間営業の大型書店かな。そうか、ここでサイン会か……」

「イラスト集の発売日と書店のオープン日が重なってるし、天羽にとって忘れられない日になりそうだな。書店にとっても開店祝いともいえるイベントだし幸先いいよな」

「うん。だけどすごい偶然」

自分のサイン会が開店祝いになるのだろうかと芹花は心配するが、橋口は気もそぞろで落ち着かない様子だ。

「橋口君？」

声をかけた芹花に、橋口はおずおずと口を開いた。

「なあ、もしもだけど、サイン会に竜崎楓が顔を出すってことはやっぱりないよな」

「は？」

「いや、イラスト集の売り上げのために来てくれたらと思ってるだけで、決して浮ついた気持ちからじゃないんだ」

「ふーん」

真っ赤な顔で焦る橋口に芹花は目を細めた。

「好意でオビのコメントを書いてくれたけど親しいわけじゃないし、日本にいるかどうかもわからないから、顔を出すなんてことあり得ない」

「……やっぱりか。そうだよな」

橋口は明らかに落ち込み、がっくりと肩を落とした。

よっぽど楓のことが好きなんだと、芹花は苦笑する。

「お、噂をすれば。ネットニュースに竜崎楓の記事が上がってるぞ」

いつの間にかスマホを操作していた橋口は、今度は弾んだ声をあげた。

「竜崎楓、三日前にフランスから帰国したみたいだな。……は？　熱愛？」

「……熱愛？」

「ああ。えっと、彼女がフランスから帰国してすぐに向かったのは、財閥系企業グループの御曹司？」

興奮気味に橋口が読み上げる内容に嫌な予感がする。

「財閥系企業の御曹司……」

まさか、と思いながら芹花がそう呟いたと同時に、橋口の声が再び響いた。

「世界的スーパーモデルの竜崎楓が空港から真っ先に向かったのは、独身女性たちからの注目が高い御曹司、木島悠生が住むマンションだった。三年前にも噂《うわさ》になったふたりだが、ここにきて結婚か？って書いてあるけど……？」

芹花は橋口から手渡されたスマホの画面を食い入るように見た。

片手にダウンコートを持ちハイヒールで颯爽と歩く楓はジーンズがよく似合い、写真越しでもそのスタイルのよさがわかる。

無言でスマホを見つめる芹花の横で橋口が悔しそうに顔をしかめた。

「やっぱり御曹司は無敵だよな。こんな美人モデルと結婚か……うらやましすぎる」

「うらやましいって……この記事が本当のことかどうかもわからないのに」

心底落ち込んでいる橋口がおかしくて、芹花は思わず笑い声をあげた。

思いがけない記事に芹花は一瞬うろたえたが、意外と傷ついていない自分に驚いている。恋人が自分以外の女性と密会しているらしいと聞けばもっと心はざわつき、おろおろすると思うのだが。記事を詳しく読むまでもなく、悠生への不信感も不安もなにもない。きっと芹花自身が思っているよりも深く悠生を信じているのだろう。

それに橋口がここまで楓のファンだったと知り、その落ち込む姿がかわいそうに見える。

「御曹司は無敵かもしれないけど、弁護士だって負けてないよ。なんといっても弱者の味方だもん」

芹花が落ち込む橋口を励ませば、橋口は途端に明るい表情を浮かべた。

「そ、そうか……？　だよな、俺、頑張ってるし。いつか竜崎楓にも会えるよな」

「うん。会えるといいね」

橋口の必死な様子に芹花の笑いは止まらない。

「よし、天羽のサイン会決定のお祝いだ、今日は飲みにでも行くか？　おごるぞ」

橋口の誘いに、芹花は「ありがとう、でも今日はやめておく」と答えた。おいしいものを食べたいのはやまやまだが、大変な状況の中にいるはずの悠生のことを考えれば自分ひとりが呑気に食事を楽しんでいる場合ではない。

昨夜も遅い時間に電話があり、とりとめのないことを話す最中にも『会いたい』『芹花が好きなんだ』という甘い言葉を照れもせず放り込んでくる彼に真っ赤な顔で照れたのは芹花のほうだ。

お互いの気持ちを確認して互いの体温を知ったことで、それまで以上に悠生は自分の愛情を芹花にぶつけてくるようになった。芹花の母親が用意した見合いにも神経質になっていて、自ら芹花の実家に出向いて断ろうかとまで言い出す始末。もちろん、そんなことをすれば話が余計にややこしくなるのは明らかで芹花は必死で止めた。いざとなればお見合いをすっぽかすつもりではいるが、芹花の悩みは尽きない。

そこまで考えて、芹花は今まで両親に歯向かったり大切な約束を放り出したりしたことなどなかったと気づく。いつも従順で素直ないい子だった。この変化も、悠生と気持ちを寄り添わせたおかげだろうか。

悠生に好きだと言われてから少しずつ変わってきた芹花だが、それが不思議と心地いい。だからこそ、悠生が自分を裏切っているとは思えないのだ。

「サイン会が終わって落ち着いた頃に飲みに行こうよ。今日は帰るね」

まずは仕事を定時内に終えて悠生に電話をしてみようと、芹花はパソコンに再び向かった。

「あ、電話といえば……」

サイン会が決まり、芹花のプロフィールが公開されるとあらかじめ実家に知らせる必要があることを思い出す。

家族がどう思うのか見当もつかず、ため息が漏れた。

芹花は自宅に帰ってすぐ、緊張しながら実家に電話をかけた。
「もしもし。杏実？　父さんと母さんに話があるんだけど、代わってもらえる？」
《お姉ちゃん、久しぶりだね、元気にしてるの？　あ、父さんと母さんはご近所さんたちとカラオケに行ってるよ》
実家の電話に出たのは杏実だった。
「いないのか……。あ、私は元気だよ。そうだ、音大に合格したんだってね。おめでとう。母さんが大喜びしてたよ」
《ありがとう。奇跡的に合格できたんだ。だけど、特待生の資格を無くさないように頑張らないといけないから大変なの。あ、お姉ちゃんのイラスト集の発売ももうすぐだね。事務所のホームページで告知が出てすぐに予約もしたよ》
「え、そうなの？　……ありがとう」

　これまで芹花の仕事に特に関心がないようだった家族が予約まで済ませていると知り、驚いた。
《母さんも父さんも楽しみにしてる。ちょうど発売日に本屋さんがオープンするから、朝から買いに行くって張り切ってるし》
「うそ……。だって母さんは私は大した仕事はしていないだろうってぼやいて、お見合いまで用意していて」
　杏実の言葉が信じられず、芹花は戸惑った。
《あ、お見合い相手の人、かなりのイケメンだよ。母さんなんて、当日お姉ちゃんに着せる服を作ったくらい楽しみにしてるし》
「服……？　あ、そういえば、当日の服は用意するからって聞いたような気がする。てっきり母さん好みの服を買うと思ってたし、今まで作ってもらったことなんてないのに、どうして？」
《だからだよ。今まで私の衣装を作るだけで精一杯でお姉ちゃんの服を作る余裕がなくて申し訳なかったって後悔してた。だからお見合いで着る服を作ったんだって》
　芹花は杏実の言葉がにわかには理解できなかった。
《私もお姉ちゃんに申し訳なかったって思ってる。ピアノの個人レッスンの費用はお

姉ちゃんの仕送りで賄ってたもん。そのおかげで音大にも合格できたし。お姉ちゃん、長い間ありがとう》

「え、そんなの大したことじゃないから」

突然感謝の言葉を聞かされ、芹花は慌てた。

それに、私のために服を作ってくれたなんて初耳だ。確かに杏実にばかり洋服を作る母親を見ながら寂しい思いをしていたが、仕方がないとあきらめていた。それを今頃……。

見合いは断るとしても、母親が自分のために作った服を着てみたいと思った。

《それにしても、美大を卒業してもこっちに帰ってこないから母さんガッカリしてたんだよ。今回のお見合いも、とにかく帰ってきてほしくて強引に決めちゃって。お姉ちゃんもいい迷惑だよね》

「迷惑……というか。私、お見合いするつもりはなくて。それに、帰ってきてほしいなんて今までひと言も……」

杏実の静かな声に芹花は戸惑う。

《だよね。だけどお姉ちゃんが事務所のホームページのイラストを更新するたび見入ってたし、嬉しそうだった》

「……うそ」

これまで母にそんな素振りはまったくなく、芹花の日々の暮らしぶりを気にかけている様子もなかった。芹花は杏実の言葉が信じられず、呆然と呟いた。

《お姉ちゃん……母さんは一度にひとつのことしか考えられない人だから、私の音大進学が決まってようやくお姉ちゃんが遠くに行っちゃったと気づいたんじゃないかな。それで無理やりお見合いをセッティングしたと思う。不器用だよね》

「だからって、お見合いはいきなりすぎるし……今さらそっちに帰るなんて無理だし」

今は悠生という恋人がいる。それに仕事にも慣れ、イラスト集を出すことにもなった。もう地元に戻ることはできない。

「あ……イラスト集といえば……」

芹花はこうして電話をかけた理由を思い出し、気持ちを整えた。

「あのね、今度サイン会を開くことになって、今まで伏せていた私のプロフィールを公表することになったの」

《サイン会？　なんだか芸能人みたいだね。顔写真とかも公表するの？》

慎重に話す芹花と違い、杏実は弾んだ声をあげた。

「えっと……。わざわざ写真は出さないけど、サイン会にはマスコミの人も来るから顔はばれると思う。それでね、杏実たちに迷惑がかかるかもしれなくて。本当にごめん」

　芹花はそう言って、スマホ越しに頭を下げた。

　プロフィールを公表したあと、マスコミがどう動くのか予想ができない。家族や地元の友人たちに迷惑がかからなければいいと願うが、そんな芹花の気持ちに反して杏実は相変わらず楽しげだ。

《そっか、お姉ちゃんは美人だから話題になりそうだね。新聞とか雑誌に写真が出たら、それも買いに行かなきゃ。楽しみ》

「楽しみって、あのね。お姉ちゃんの記事が出たらマスコミがそっちに行くかもしれないし、嫌な思いをするかもしれないんだけど」

　言い聞かせるように芹花は説明した。

《うん。もちろんわかってるよ。だけど別にお姉ちゃんも私たち家族もなにも後ろ暗いところはないし。それどころか妹思いの姉に愛されて幸せですってマスコミが来たら言ってやるから大丈夫》

「杏実……」

　予想もしなかった杏実の心強い反応に、芹花は押し黙る。まるで芹花が知っている杏実ではないようだ。

ううん、違う、と芹花は思い直す。両親からの愛情を独占している杏実をうらやむ気持ちが彼女との距離を作っていたのかもしれない。

芹花はそんな過去を振り返り、自分の懐の小ささに恥ずかしくなった。

「杏実が意外に大人で驚いた……」

ポツリと呟いた芹花の言葉に、杏実はかわいらしい笑い声をあげた。

《ピアニストになるためにはね、お金はもちろん、少々のことでは動じないたくましさが必要なの。目指すはクールな美人ピアニストだもん》

杏実の飄々《ひょうひょう》とした言葉に安心し、芹花はホッと息をついた。

《それに、イラスト集は絵を描くことが大好きなお姉ちゃんが頑張った証《あかし》でしょう？　今度は私がお姉ちゃんを応援するし、こっちのことは大丈夫、安心して。父さんと母さんも同じ気持ちだと思うよ》

「うん、ありがとう……」

力強い杏実の言葉に後押しされて、芹花が抱えていた不安がすっと消えていく。

サイン会を開くことやプロフィール公開にもちろん戸惑いはあるが、イラスト集は芹花のこれまでの努力の結晶であり誇りだ、胸を張ろうと決めた。

その夜遅く、杏実から話を聞いた母親から芹花にメッセージが届いた。

【サイン会までに美容院で髪を整えておきなさい。せっかくの機会だから、緊張せずににこやかにね。家族みんなで発売を楽しみにしています】

芹花は自分を気にかけているとわかる母親のメッセージを何度も読み返し、胸を熱くした。

それに、杏実が口添えしてくれたのだろう、お見合いを無理強いしようとする様子もなく安心した。これから迷惑をかけるかもしれないが、踏ん張らなければと誓った。

一方で、楓との記事が出た悠生とは連絡が取れずにいる。メッセージを送っても返事がないどころか未読のままで、電話をかけても留守番電話になる。折り返しの電話を待つがそれすらなく、じりじりとした気持ちのまま翌朝を迎えた。

そして翌日。三井法律事務所と出版社のホームページに芹花のプロフィールがアップされ、事務所や出版社にはいくつもの問い合わせや取材申し込みがあった。

けれど、ただでさえイラスト集の発売で事務所での仕事に影響が出ていることもあり、すべて断ることにした。

本来なら副業は禁止されているというのに『弁護士の存在を身近に感じてもらうための大切な仕事だから、本業と思ってくれていい。印税は特別手当だ』という三井の判断によってイラスト集の制作が実現したことを考えれば、芹花の役割はここまで。発売以降は以前のように事務職として精一杯働こうと思っている。

それに今は、目前に迫ったサイン会のことを考えるたび緊張し、これ以上取材を受ける余裕などない。

芹花は自分のプロフィールがアップされたホームページの画面を閉じ、パソコンの電源を落とした。時計を見れば十八時を過ぎている。そろそろ帰ろうと疲れた体をそっと伸ばし手元のスマホを見るが、相変わらず悠生からの連絡はない。

「どうしたんだろう……。忙しいのかな」

好きだと伝え合い、お互いの体温も重ねて幸せでたまらなかったというのに。いったいどうしたのだろう。

芹花はスマホを握りしめ、不安混じりのため息をついた。

事務所を出た途端、肌寒い風が顔をかすめ、芹花はマフラーの中に顔をうずめた。

「寒い……」

温かいものでも食べて帰ろうか、それとも家に帰ってゆっくりしようか。

ぼんやりとそんなことを考えながら駅に向かって歩き始めた途端「芹花」と呼ぶ声が聞こえた。

その声にハッとした芹花は、事務所が入っているビルの前で手を振っている悠生に気がついた。

「え？　どうしてここに？」

芹花が駆け寄ると、悠生はホッとしたように表情を緩めた。

「突然悪いな。会いたくてここで待っていたんだ。それに、音沙汰がなくて心配しただろう？」

「はい、なにかあったのかと心配で。さっきも電話をかけたのに出ないし……」

芹花は悠生の腕に手を置き、不安を隠さない声で尋ねた。

「実は急に実家に呼ばれて、バタバタしていて時間がなかったんだ。おまけに今朝仕事に出かけるときも急いでいたから実家にスマホを忘れてしまって。だから連絡できなくてごめんな」

悠生は申し訳なさそうに謝り、腕に置かれていた芹花の手を取った。

「このあとなにか予定ある？」

「ううん、大丈夫です。帰ろうとしていただけで……」

悠生に会えてホッとしたのか芹花は力が抜けたように笑い、首を振った。悠生の状況がわからない不安で強張っていた心もほぐれていく。

悠生も芹花の顔を見て落ち着いたのか、さらに彼女に体を寄せた。

「だったら連れていきたい所があって……。いいか?」

もちろん、とでも言うように芹花は大きく頷いた。こうして普段どおりの悠生を目の前にし、おまけにこのまま一緒にいられるらしい。あまりにも嬉しくて、そしてどれほど悠生を好きなのかを実感し、芹花はつながれた手を強く握り返した。

# 第七章　御曹司の決意

それからすぐ、悠生は車に芹花を乗せて実家に向かった。会社の前で待ち伏せてまでどこに連れていってくれるのだろうと期待していたが、立派な日本家屋を前に芹花は「まさか実家……」と息をのんだ。

閑静な高級住宅地に建つ屋敷には、木島グループのトップである悠生の両親が住んでいる。同じ敷地内の別宅には悠生の兄である愼哉《しんや》とその妻・千春《ちはる》が暮らしていて、このふたりも本宅で芹花と悠生を待っていた。

「嘘でもなんでもなく、本当に御曹司だったんだ……」

敷地を取り囲む石塀はどこまで続いているのかわからず、それだけでも家の大きさは想像できたが、日本庭園を思わせる優美な庭の中にどっしりと構える木造家屋はかなり大きい。

「広いだけで維持していくのは大変だし、空調の効きはもうひとつ。今住んでるマンションのほうがよっぽど快適だぞ」

悠生はそう言って、ぽかんと口を開けたまま家を見上げる芹花を笑った。そして彼女の手を引き、玄関までの長いポーチを歩いていく。

「芹花は気を遣わなくていいから。父も母も、仕事には厳しいけど普通のおじさんとおばさんだ。普段通りにしていればいい」

悠生は足取りの重い芹花を気遣うが、恋人の両親に平然と会えるわけがない。おまけに父親は国内最大の企業グループを率いている。あまりの緊張に、芹花はこのまま回れ右をして帰りたいくらいだ。

悠生は黙々とついてくる芹花を振り返ると、コツンと額を合わせた。

「ごめんな。きっと芹花には納得できないことばかり聞かされると思う。だけど俺は芹花を苦しめてでも一緒にいるって決めたから、前向きにあきらめてくれ。どうあっても俺が芹花を手放すことはない」

悠生はなにも反論させないとばかりに芹花を強く抱きしめた。

「ちょっと悠生さん、ここは家の前ですよ。誰かに見られたどうするんですか」

悠生の腕の中から逃げ出そうと芹花はもがくが、いっそう強い力が込められる。

「あと少しだけ」

芹花の肩に顔をうずめた悠生の声が耳元を刺激し、芹花の体は小さく震えた。

「本当にごめん。俺に捕まってなかったら知る必要がなかった面倒な世界に引っ張り込むことになるけど、ちゃんと芹花を守る。大丈夫だから信じてろよ」

「だから、なにを言ってるのかちっともわからない……んっ」

悠生の低く思い詰めた声に視線を上げた途端、唇が重ねられた。熱を感じ合った途端、悠生の舌が芹花の唇を割り開いて動き回る。

ここは悠生の実家の玄関前。いつ戸が開いて中から家族が出てくるかとひやひやしているというのに。

頭ではわかっていても、どうしても悠生の熱がもっと欲しくて芹花も自ら舌を絡ませた。

盛り上がったふたりの気持ちがようやく落ち着き、芹花の覚悟も決まった頃合いで、悠生は玄関の引き戸を開けた。

招かれたとはいえ、十九時を過ぎている。芹花はこんな時間に訪ねて本当によかったのかと不安な気持ちのまま悠生の後に続いた。

ライトアップされた庭に面した廊下を抜け、家族が笑顔で待ち構える和室に通される。

「今日は突然来てもらって申し訳ないね。悠生の父の成市《せいいち》です。そして、母の緑《みどり》」

悠生に似ている笑顔を向けられて、芹花は少し落ち着いた。上品なグレイヘアがよく似合い、目元に刻まれたしわやすっきりとした頬からは意思の強さが感じられる。大企業のリーダーらしく、自信に満ちた姿に見とれそうになった。

「初めまして。あの、遅い時間に突然お伺いしまして申し訳ございません」

芹花はそう言って、額が畳に触れるほど頭を下げた。

「あら、そんなの構わないのよ。どうせ悠生が事情も話さず車に押し込んでここまで連れてきたんでしょう？」

おっとりとした声が広々とした和室に響き、芹花はおずおずと顔を上げた。まるでその場を見ていたかのように話す緑に目を瞬かせる。

「気を遣わなくていいのよ。あら、とてもかわいらしいお顔をしてらっしゃるのね。目がとても綺麗だわ。法律事務所にお勤めだと聞いているけれど、先生方のお世話は大変でしょう？」

「いえ、大丈夫です……」

止まることなく話し続ける緑に相槌《あいづち》を打ちながら、国内最大ともいえる企業グループの社長夫人はこうも明るく弾けているのかと、新しい世界に迷い込んだ気分になる。

緑は色白の肌に映える淡いオレンジのワンピースを着ていて、とてもかわいらしい。顎のあたりで内巻にした髪はつややかで、よく似合っている。

悠生は小さくため息をつき、面倒くさそうな表情で緑を見る。

「母さんが芹花と話したいのはわかるけど、しばらく黙ってて。芹花は母さんと違って社会性と常識があるんだ。相手に話すタイミングを与えずに話し続けるなって父さんによく注意されてるだろう」

「まあ、それじゃあ私に社会性と、えっと、常識がないみたいじゃない」

「あると思ってるのか？　ちゃんと相手の話を聞いて、空気を読めよ」

「また訳のわからないことばかり言って自分は賢いって自慢するのね。もういいわ。芹花さん、紅茶はお好きかしら？　よかったら千春さんと三人でいただきましょうよ。男性たちはいつも内緒話ばかりで意地悪だもの。そうしましょう」

緑は両手を叩いてまるで少女のように笑った。

「緑、悠生の話を聞いていたのか？　しばらくの間、俺の隣で黙っていなさい」

成市は緑の手をそっと握り、言い聞かせた。妻を見つめるその目はとても優しく、愛しい者をいたわる気持ちがあふれている。

「でも芹花さん、とてもかわいらしくて男性から人気がありそうだから。いつも難しいことばかり口にする悠生のことなんてすぐに嫌いになって逃げちゃいそうでしょう？　ここは私が頑張って芹花さんを楽しませなきゃダメだと思うのよ」

まるで国家戦略でも講じるかのような真面目な声で話す緑に、彼女に負けず真剣な面持ちで成市は頷いた。

「緑の意見には俺も賛成だ。確かに悠生はいつもつっけんどんでかわいげなんてないな。そうだよな、慎哉。悠生には芹花さんを引き留める魅力はないよな」

成市は重々しい声で、緑とは反対側に座っている慎哉に声をかけた。

「そのとおりですね。母さんの無鉄砲ぶりと周囲を巻き込んで騒ぎを大きくする性格にはうんざりですが、今回の母さんはなかなか冴《さ》えてます。千春も一緒に頑張ってもらわなければ、芹花さんは悠生に飽きて逃げてしまいますね」

胸の前で腕を組み大げさに頷いているのは、悠生の兄・慎哉だ。シルバーフレームの眼鏡が彼のクールな印象にしっくりと似合っている。

その隣には慎哉の妻の千春が控えている。芹花と同じ二十代だろうか、クールなイメージの慎哉とは対照的な、小柄でかわいらしい女性だ。

慎哉はほんの少しでも目を離せば彼女がいなくなると思っているのか時折千春に視線を向け、その存在を確認している。

成市も慎哉もとことん妻を愛し大切にしているようで、大企業の経営者にありがちな冷たい結婚などこの家には関係ないのだと芹花は安心した。そして緑と千春のように、自分も悠生に大切にされたいと思った。

そのとき、緑が体ごと芹花に近づき、悠生を軽く睨んでプイっと顔を背けた。明らかに拗ねている緑の仕草に芹花は目を丸くする。

「芹花さん、ごめんなさいね。私の計画では、息子たちをかわいげがある優しい王子様のように育てるはずだったのよ。だけどふたりとも私の話は聞かないし、いつも眉間にしわを寄せて難しい顔をしてるの。本当、ガッカリ。だから、芹花さんが悠生から逃げたくなったら私がかくまってあげるから、安心してちょうだい」

そう言って胸を張る緑に、芹花は反射的に「ありがとうございます」と答えた。途端、悠生が芹花の腰に手を回し抱き寄せた。

「いい加減にしてくれ。俺は芹花を手放すつもりも逃がすつもりもない。かくまうだと？　ふざけるな。誰のせいでこんな面倒くさいことに巻き込まれたと思ってるんだよ。そうでなかったらとっとと芹花と結婚してるはずなんだ」

悠生の胸に抱かれたまま、芹花は今の言葉を聞いた。直接耳に響いた言葉を脳内で繰り返すが、理解できそうもない。というより信じられない。

「とっとと結婚って言った？」

芹花はもぞもぞと体を起こし、悠生の顔を見上げた。聞き間違いでなければ芹花と悠生の結婚ということなのだろうが、プロポーズされた覚えはない。

「私はいつ悠生さんと結婚することになったんでしょうか？」

いたたまれなさと期待が混じった複雑な気持ちで芹花は問いかけた。

付き合いを決めた時点で悠生との結婚を思い描いたが、それは漠然としていて今すぐのことではなかった。悠生の生まれや立場を考えれば、自分が悠生に見合うよう時間をかけて努力を重ねたあとでなければ無理だと思っていた。

「悪いな、芹花。俺はお前と結婚するって決めてるんだ」

「お前……って」

芹花を初めてそう呼び、深い黒に変化した瞳は、これまで見せられたことのないものだった。

「だけど、今すぐには結婚できない。だから、こうして芹花に来てもらったんだ。本当にいい迷惑だよ」

投げ捨てるような口調の悠生は、目の前の家族を小さく睨んだ。芹花を抱き寄せた手が緩むことはもちろんない。

抱きしめられれば嬉しいが、自分に関するあれこれが自分の知らない場所で決まっていくようで、芹花は不安でたまらなくなる。

「芹花さん……大丈夫かしら」

緑の心配する声がその場に響くと、成市も「芹花さん、申し訳ないな。だけど仕方がないんだ」と言って芹花を気遣った。

途端、悠生はピクリと表情を強張らせ、それ以上口を出すなとばかりに厳しい視線を向けた。

「なあ、芹花。楓が俺のマンションに入っていく写真が出ただろう？」

「うん」

芹花にとっては見たくない写真だった。悠生を信じてはいるが、楓のような美しいモデルとの噂はやはりモヤモヤする。

悠生はそんな芹花の気持ちを察し、安心させるように口を開いた。

「確かに楓は俺が住むマンションに出入りしているけど、俺に会いに来ているわけじゃないんだ」

「……え？　それって、どういう……？　もしかして楓さんもあのマンションに住んでるんですか？」

悠生が住むマンションは高級マンションとして知られているが、スーパーモデルの竜崎楓ならそこに住んでいても不思議ではない。

しかし悠生は首を横に振り、否定した。

「じゃあ、どうして？」

戸惑う芹花に、緑が朗らかに声をかけた。

「芹花さん、来年の選挙が終わったらすぐにあなたたちの婚約発表をすることになってるから、それまではマスコミに気づかれないように海外でお忍びデートを楽しめばいいわ。ねえ成市さん、私たちもお忍びデートをしましょうよ」

キャッキャとはしゃぎながら緑は手を叩いて喜ぶが、いよいよ怒りの沸点に達しようとしている悠生はわなわなと震えている。

「緑、いいから黙っていなさい。話の腰を折ってどうする。悠生は爆発寸前だし、芹花さんだって言葉を失っているぞ」

成市の申し訳なさそうな声に、芹花は控えめに「いえ、大丈夫です」と答えた。緑の暴走にも慣れつつある。話し好きの明るい社長夫人だと思えば、彼女の話も楽しめる。

「でも、選挙ってなんの選挙ですか？　もしかして、悠生さんが出馬するんですか？」

芹花の問いに、悠生は首を振り口を開いた。

「国会議員を選ぶ大切な選挙。芹花だって投票に行くだろ？」

「え、その選挙？　それがどうして私に関係するの？」

悠生は成市や慎哉と顔を見合わせ、覚悟を決めたように小さく頷いた。

「生方隼人という国会議員がいるだろう？　彼が楓の恋人なんだ。そして彼は俺と同じマンションに住んでる」

「え、そうなんですか？　あのイケメン議員が恋人……」

現職の国会議員、生方隼人三十四歳。総理経験がある祖父と、当選回数が十回以上の国会議員を父に持つ政界のサラブレッドだ。見た目のよさも相まって、政治に興味はなくても生方隼人のことは詳しいという女性が増え、来年の選挙では再選確実だろうとも言われている。

「あ、そういえば……」

芹花はアマザンホテルのブライダルフェアに悠生と参加したとき、ロビーで生方隼人を見たことを思い出した。同時に、あの日生方は楓と会っていたのだろうと納得する。

「このことを知ってるのはほんの一部の人間だ。もしもばれたら来年の選挙に大きく影響するだろうし、楓も夢だったフランスでの仕事がようやく軌道に乗ってきたところだ。恋愛スクープやらの犠牲になって仕事に影響が出るのを怖がってる」

　芹花は華やかな世界で生きるモデルとスキャンダルなど命取りになる政治家が付き合っていると聞いてもしっくりとこなかったが、わずらわしそうにしながらも楓を心配している悠生の言葉に、これは本当のことだと納得する。

「あのふたりが付き合ってるなんて、美男美女でお似合いだ……」

「楓がマンションに出入りする姿を何度か記者にキャッチされて、恋人が住んでいるんじゃないかと噂が立ったんだ。ちょうどその頃、俺があのマンションに住んでることを楓が知って、生方家からカモフラージュを頼まれた」

「なんだか……すごい展開ですね」

　戸惑いながらも楓と生方のことを理解した芹花に、悠生はひとまず安心した。なにも事情を知らない芹花が記事を見て誤解しないわけがない。せっかく気持ちを通わせたというのに気が気ではなかった。

　しばらく芹花の様子を見ていた成市が、ゆっくりと口を開いた。

「木島グループと生方家は昔から政治的に関係が深くてね。来年選挙を控えた隼人君をスキャンダルから守るためにと直々にカモフラージュの件を頼まれたんだよ」

　柔らかな表情にそぐわない強い口調に芹花はハッとし、姿勢を正した。

　芹花を気遣いながら話を進める一方で、これは既に決まった話であり芹花の意見など求められていないと明らかにわかる。これが大企業グループのトップの威厳なのだろう。

静かな面持ちで話を聞く芹花に、成市は再び口を開いた。

「生方家から頼まれたときには芹花さんの存在を聞いていなかったから貸しを作る程度の軽い気持ちで引き受けたが、申し訳ないことをしたね」

やれやれとばかりに成市は苦笑した。

「来年の選挙が終われば隼人君と竜崎さんは婚約するらしいから、それまで我慢してほしい。これは悠生ひとりの問題じゃない。木島グループ全体に影響する話なんだ」

射るような成市の強い視線を受け、芹花は硬い表情で頷いた。

決して納得したわけではないが、受け入れるしかない。芹花がなにを言ってもこの状況は変わらず、木島グループ全体に影響するなどと言われれば自分のちっぽけな思いなど口にできるわけがない。

「ごめんな……」

悠生の声に視線を向けると、強張った表情で唇をかんでいる。

「ううん」

悠生の中にある負の感情を見せられたようで、芹花は何度も首を横に振った。悠生にとっても不本意な話だったのだろう、彼を責めることはできない。

そのとき、重苦しい空気を読まないはしゃいだ声が響いた。

「ねえ成市さん、難しいお話はもういいでしょう？　悠生が芹花さんに詳しく説明するはずだもの、お食事の前に成市さんとふたりきりでお庭を歩きたいわ」

成市の膝に手を置いて甘える緑の姿に、芹花は口を開いたまま呆然とした。

「ああ、そうだな。面倒な話は終わりにしよう。悠生が今さら文句を言ってももう決まったことだし。どうすることもできないさ」

「あ……あ、あれ？」

どういうことだと悠生を見れば、「気にするな、あれがあのふたりの日常だ」と芹花の手を掴み、立ち上がらせた。

「じゃあ、夕食まで俺たちは茶室にでも行ってるから。今回のこと、俺からもう少し説明する」

芹花の腕を掴んだまま悠生はそう言い、その場に成市や慎哉たちを残して部屋を出た。

「あ、あの、失礼します……」

芹花は背を向ける間際にどうにか挨拶をしたが、足をもつれさせながら悠生について歩くだけで精一杯。予想外の展開ばかりが続いたせいで心も体も疲れ切っていた。

その後木島家での豪華な夕食を終えた芹花は、悠生と共に自宅に戻った途端、ソファに突っ伏した。

木島家専属のシェフたちが用意した夕食は、神戸牛のステーキをはじめ、フォアグラや車海老など高級食材がふんだんに使われ、芹花がこれまで味わった料理の中で最高においしいものだった……はずなのに。

「緊張しすぎて味なんて全然わからなかった。せっかくの神戸牛が……それに一本一万円のパウンドケーキが……」

「ほら、さっさと準備して、今夜中に必要な荷物を運ぶぞ」

悠生はソファに腰を下ろし、芹花の背中をポンポンと叩いた。

「そこまでガッカリすることはないだろう？　実家に行けば、母さんが今日以上の料理を用意してくれる。というより無理やりにでも芹花を呼びつけると思うぞ。ここまで食べっぷりのいい嫁が来るとわかって、シェフがもっと腕を振るえるようにキッチンを改装すると張り切っていたからな」

悠生はくくっと笑い、芹花の体を起こした。

「だけど、芹花にも食事を楽しめないことがあるんだな。やっぱり木島家の嫁になるのは荷が重いか？」

「そんなの当然でしょう。あんな大きなお屋敷にいきなり連れていかれて、星がいくつも輝くお店で腕を振るっていたシェフがぞろぞろ出てきて料理の説明なんか始めて……。異世界に飛び込んだような気がして逃げたくなっちゃった」

「絶対に逃がさない」

うつむきぼそぼそと話す芹花の言葉を即座に遮る悠生に芹花は唇を尖らせるが、どうにか言葉を続ける。

「あと、教えてほしいんですけど。いつ私は悠生さんと半年後に婚約してすぐに結婚することが決まったの？　確かに悠生さんのことは好きだし結婚には憧れてるけど。なにも聞かされてないのは私だけだったんでしょう？　おまけに半年間は思うように悠生さんと一緒にいられないし」

「そうだな」

「それに、ただでさえ恋人のご両親に初めてお会いしてドキドキしてるのに、料理を楽しめるわけがない。一粒五千円のイチゴだって全然味わえないくらいショックだった。あのイチゴ……全部食べたけど、緊張のしすぎで苦しくて味がわからなくて、あー、もったいなかった」

まるで追いつめられたように甲高い声で話す芹花を、悠生は「ごめんな」と慰め抱きしめた。優しく腕の中に収めた芹花に「ごめん」と繰り返す。

耳元に届く謝罪の言葉は興奮気味の芹花を多少落ち着かせたが、悠生から茶室で聞かされたことにまだ気持ちは揺れている。

「そうやって何度謝られても嬉しくない。結局、悠生さんはこれから半年間、楓さんのものなんでしょ?」

悠生は自分の胸の中で肩を震わせる芹花を悲しげに見つめ、もどかしさをやり過ごすように天井を見上げた。

「芹花がどれだけつらくて逃げ出したくなっても、我慢して耐えてほしい。惚れた女にそんな思いをさせる俺って最低だけど、芹花には踏ん張ってもらうしかない。だけど俺は楓のものになるわけじゃない。マスコミに向けて見せかけの恋人になるだけだ」

悠生は込み上げる感情を抑えるように淡々と呟いた。

「見せかけってわかっていてもいい気分じゃないし、踏ん張れないかもしれない」

芹花の弱々しい声に、悠生は顔をゆがめた。

「なにがなんでも踏ん張れ。半年くらい、あっという間に終わる」

「ん……そうだといいけど、逃げだしちゃうかもしれない」

「逃がすつもりはないし、もし逃げたら木島を捨ててでも追いかける」

「それは絶対ダメ。大騒ぎになるに決まってる」

当然のように木島を捨てると言い切る悠生に、芹花は慌てた。

次男の悠生は次期社長というわけではないが、今後木島グループの経営に携わる立場にいる。簡単に捨てることはできないし、口にしてはいけない言葉だ。

「しばらくは混乱するだろうけど、俺ひとりが木島からいなくなっても会社はつつがなく成長していくだろうし。俺は芹花さえいれば、それでいい」

悠生は芹花を魅了する甘い笑みを浮かべ、芹花と額を合わせた。

「頼むから、半年間我慢してくれ。年が明ければ楓は仕事でヨーロッパに行く。俺と一緒にいる機会は少ないはずだ。マスコミだって俺たちのことばかり追いかけるほど暇じゃないから、芹花が悲しむような記事も大して出ないと思う。だから不安がらずに待ってろ」

悠生は芹花の唇にかすめるようなキスを落とした。

「さ、早く荷物をまとめよう。こういうときのために用意しているマンションなら安心だ」

悠生は芹花からスーツケースの場所を聞き出し、動きが鈍い彼女に代わって持ってきて広げた。

今後思うように会えなくなり、おまけにプロフィールを公開した芹花を案じる悠生は、木島家が持つセキュリティー対策が完璧なマンションに芹花を移そうと考えた。

思いを通わせた途端、それまで以上に芹花のことが心配でたまらなくなったのだ。

芹花はそんな悠生の気持ちに納得できるし嬉しいが、なにをそんなに焦っているのか今夜のうちに荷物を移すと言われ、気持ちが追いつけずにいる。

時間を惜しむようにてきぱきと動く悠生の傍らで、芹花は力なく息を吐いた。

「どうしても、その……木島家のマンションに行かなくちゃダメなの？　私、この部屋が気に入ってるんだけど」

困り切った声で悠生に問いかけても、チラリと一瞥《いちべつ》されただけで悠生の手が休むことはない。芹花はムッとした声で続ける。

「職場にも近いし、星野さんのお料理も食べられるからここにいたいです」

「通勤なら車で送迎させる。食事も木島家からシェフをよこすから、しばらくは星野さんの食事は我慢してくれ」

「送迎？　そんなのいいです。ちゃんと電車で通います。……でも、あれ？　私はどこに連れていかれるんですか」

芹花は戸惑いながら首をかしげた。

「俺が住んでいるマンションの近く。だから、タイミングを見てなるべく俺もそっちに行くから安心しろ」

「そう言われても……私にも私の事情があるのに……」

ただでさえ緊張感で潰されそうになりながら悠生の実家で過ごし、自宅に帰った今も芹花の事情など二の次の悠生にあれこれ指示されている。状況を把握する時間すらなく、芹花の心はいっぱいいっぱいだ。

悠生は座り込んで拗ねる芹花に寄り添い、小さく音を立てながらキスをした。

「芹花を信じていないわけじゃない。だけど半年間自由に会えなくなるだろうし、俺から離れていかないかと……惚れた女のことになると不安になる。芹花もプロフィールを公開して顔が知られたから、余計に」

普段とは違う悠生の弱々しい声に芹花は驚き、ぶんぶんと首を振る。

「不安になる必要なんてありません。私は大丈夫です」

それまで拗ねていたことなど忘れた芹花は、一気に速まった鼓動を悠生に聞かれはしないかとドキドキした。

自分のことを惚れた女と宣言されたときに平気でいられる方法を教えてほしい。

あふれる喜びと照れくささを隠すように、目の前にある悠生の胸元に顔をうずめた。

「あ、あの。私も、ちゃんと悠生さんに惚れてますから……安心してください。絶対に離れません」

悠生の胸に向かって遠慮がちに呟いた芹花を悠生は膝の上で横抱きにした。そしてようやく顔を上げた彼女の頬を指先で撫でた。

「本当なら、イラスト集が出ても顔出しＮＧ、名前も伏せたままでいてほしかったけど。そうもいかないな」

悔しそうな悠生の声に、芹花は「そうなんです……」と小さく答えた。芹花自身もそう望んでいたのだ。

「このかわいい顔が俺だけのものじゃなくて世間に知られると思うとおかしくなりそうだけど。我慢するしかないか」

「我慢なんてとんでもない。イラスト集が発売された直後なら注目されるかもしれないけど、すぐに忘れられますからそんな必要はないです」

芹花は悠生の首に腕を回し、しがみついた。悠生も応えるように抱きしめ返す。

「それに楓が絡んでややこしい状況になったから、とにかく心配なんだ。だから安全な場所に移って俺を安心させてくれ。頼む」

　悠生の言葉を吐息と共に耳元に感じ、芹花は震えた。自分を守ろうとしてくれる悠生の気持ちが伝わってくる。

　木島家の人間として、マスコミからのやっかいな注目に辟易《へきえき》したり、時には身の危険を感じたことも少なくなかったはず。芹花が自身のプロフィールを公開しただけでなく悠生と共に生きていくと決めた今、安全と安心を確保しようとしたのだろう。

「悠生さん……わかりました」

　芹花はもぞもぞと顔を上げた。まだ体は熱く恥ずかしさも残っているが、どうしても悠生の顔が見たかった。

「あの、その……私も悠生さんに心配をかけたくないので、よろしくお願いします」

　視線を合わせ途切れ途切れにそう言えば、悠生は極上の笑顔を見せた。芹花の頬を両手で挟み唇を落とす。軽いキスを何度も繰り返し、彼女の背中に腕を回した。

　ふと唇が離れ、まぶたを開いた芹花は、まるで大切な宝物を見つめているような悠生の優しい目に気づく。

「ようやく本当に俺のものって気がする」

「え、私？」

「そう。それに、俺は芹花のもの」

悠生の唇が芹花の顔を這《は》い、芹花はくすぐったくて笑い声をあげた。逃げようとする彼女の体を悠生は抱きしめる。

「このまま朝まで抱きたい」

うなるような声に、芹花は「あ、朝まで……？」と驚くが、悠生は「本心だけど、冗談だ」と笑った。そして、そっと芹花の体を離すと互いの額を合わせた。

「抱きたい気持ちはやまやまだけど、まずは荷物を運ぼう。少しでも早いほうが安心だからな」

悠生は気持ちを切り替えるように芹花にもう一度キスをした。慣れないながらも芹花もそれに応え、湿った音が部屋に響く。

「さ、急ごう。とりあえずは貴重品と最低限の服だけでいい。あとは買えばいいから。今回こそ外商に来てもらって必要なものはすべて父さんに買わせよう。あー、それって逆に喜ばせそうだな。母さんは芹花を着飾って連れ歩くって張り切ってたから……あの人は本気でやるから油断できないんだ」

「確かに予想外のことをされそうですね……」

芹花が持ってきた服をスーツケースにしまっていく悠生を見ながら、芹花は自分の運命が大きく変わっていくのを感じた。

まさか自分が木島家という別世界に足を踏み入れることになろうとは夢にも思わなかった。おまけに、今となってはそこから逃げることなどできそうにない。そして逃げるつもりもない。

「でも、父さんと母さんになんて言えばいいんだろう……」

きっと驚くに違いないが、それ以前に信じてもらえるのかどうかもわからない。杏実ならまだしも、自分のような秀でた才能のひとつも持たない者が木島家に嫁ぐとは決して思わないはずだ。

芹花の心はずんと重くなった。そして、これから始まる半年間を本当に乗り越えられるのかと心底不安になった。

悠生の自宅から徒歩圏内にある十二階建てのマンションは、全戸四戸の豪奢な造りだった。

木島家が所有する土地の税金対策のために最近建てられたのだが、重厚なコンクリートの建物はまるで要塞のようで、セキュリティー対策は万全。敷地を取り囲む塀は見上げるほど高くどこまでも続いていて、芹花は悠生の実家である本家よりも防犯対策が講じられているように感じた。

その建物の二階一番奥の部屋に芹花は連れてこられたが、百㎡以上はあるに違いない部屋に入った途端、やっぱり無理だと帰りたくなった。

芹花の反応をあらかじめ予想していた悠生は「なにも考えずにさっさと入る」と言って芹花の背中を押した。

悠生に促されるまま無言で部屋に入った芹花は、既に家具や電化製品が揃っている室内に驚いた。

広いリビングは淡いピンクと白でまとめられ、猫足のソファやレースたっぷりのクッション。カーテンも既にかかっており、ガラステーブルの上に置かれた花瓶には赤と紫のバラがあふれるように活けられている。

「なにもかもが少女趣味で統一されてるけど、これは母さんの趣味だ、申し訳ない。しばらくここに芹花を住まわせるって決まったあと、それこそ百貨店の担当が総出で動いたはずだ。」

ため息をついた悠生に、芹花はかぶりを振った。

「とてもかわいらしい部屋で嬉しいです。私には似合わないと思ってなかなか手に取ることもなかったけど、ワクワクします」

興味深く辺りをきょろきょろと見回す芹花に、悠生はホッとした表情を見せた。

「芹花の安全と俺の心の安定のために、当面はここで暮らしてほしい。なにかあったときのために父さんが建てたんだ。盗撮や盗聴もまず無理だし、二十四時間、一階の玄関には警備員が立つから安心だ。

「うん……。でも、私を追いかけても大したネタにならないと思うけど」

木島家の意向に添ってこのマンションにやってきたが、冷静になって考えると、悠生や楓のように知名度があるならまだしも一般人である自分が住まいを移してまでマスコミから逃げる必要はないのではないかと考えた。

それでも……。

芹花は悠生の実家の茶室で今回の楓とのことを説明する悠生の姿を思い出した。

芹花に悲しい思いをさせるとわかっていても木島グループのために受け入れるしかなかったと、自分の力のなさをも含め芹花に頭を下げたのだ。悠生と知り合わなければ芹花が巻き込まれることもなかったはずだし、木島家という窮屈な場所に囚われずに済んだのだから。

けれど、悠生を好きになりこの状況を選んだのは芹花自身だ。悠生を責めるつもりはまったくない。だから悠生が望むのならば、この部屋に住むべきなのだろうと気持ちを切り替えた。

「だけど……カモフラージュだとわかっていても、相手は楓さんのような美人モデルだもん。いい気分じゃない」

つい口に出てしまった本音に、芹花は慌てて両手で口を押えた。

すると悠生は気を悪くした風でもなく、逆に嬉しそうな笑みを浮かべた。

「嫉妬されてホッとするなんて初めてだ」

「嫉妬……。しますよ、もちろん。相手はあの楓さんだから、悠生さんの気持ちが変われば私には太刀打ちできません。それでもあきらめたくないけど……」

次第に小さくなる声を聞いて、悠生の笑みはさらに大きくなった。拗ねたように妬いている芹花が愛しくてたまらない。彼女の体をぎゅっと抱きしめ、大きく息を吐き出した。

「しばらくは人前でいちゃつくのもお預けか。早く半年が経って、いつでもどこでもこうして芹花を抱きしめたい」

決意が感じられる悠生の声を聞いて芹花は顔を赤くする。

「いつでもどこでも……抱きしめられたりしません」

「そんな残念なこと認めない。これから半年、それを楽しみに乗り越えるつもりなんだ。だから、そのときは存分にいちゃついて、マスコミに見せつけてやろうな」

芹花の顔をのぞき込み、悠生は悪だくみをする子供のように笑った。

芹花はいちゃつくどころか見せつけるなんて絶対にできないと呆れながらも、悠生から望まれればきっと応じてしまうのだろうとも思った。

「俺たちの熱愛報道が出るのが楽しみだな」

悠生は照れることなくそう言って、芹花の頬をすりすりと撫でる。男性にしては細く長い指先が優しく動き、すっと芹花の唇に触れる。

「俺、芹花となら人前でいちゃつくだけじゃなくキスもできそうだ」

冗談めかした言葉ながらも芹花に向ける瞳は力強い。

「……かわいいな、芹花」

「また、そんなことばかり……」

何度も悠生からそう言われ続け、芹花は本当に自分がかわいいのではないかと錯覚しそうになる。そのたび、優しい悠生のことだから大した意味はないはずだと本気にならないようにしている。

「悠生さんも格好いいです」

ふふっと笑う芹花に、悠生は「当然」と答えた。

「悠生さん……？」

芹花は軽い口調に反して悠生の瞳が切なく揺れているのに気づき、胸が痛んだ。

今、悠生はどんな思いで自分を見つめているのだろうか。ただでさえ楓とのこれからの半年を考えて気が重いはずだ。見せかけだとはいえ、マスコミ相手に恋人同士の振りをするのだから、大きなストレスを感じているに違いない。それに巻き込んでしまった芹花への申し訳なさは、スマホを壊したときとは比べものにならないだろう。

芹花は、悠生の笑顔が切なくて苦しくなった。芹花を気遣っての笑顔なら欲しくない。

「どうした？　やっぱりこの部屋が気に入らないか？　隣の部屋も空いてるから、いっそ芹花の好みで全部揃え直してもいいぞ。無理やり連れてこられて窮屈な生活をさせられるんだ。好きにしていい」

悠生はそう言って、芹花の不安を取り除くように頷いた。

……また笑った、と芹花は思う。

悠生は自分の抱える苦しみを隠し、芹花のことを第一に考えている。どこまで自分は大切にされているのだろうと胸がいっぱいになった。

わかっていたはずだが、ここまで強く愛されていることを改めて実感し、芹花は全身の力が抜けたような気がした。

この状況を全面的に受け入れたわけではないが、悠生と楓の記事による騒ぎが収まるまでは木島家が決めたことに従おう。ここまで自分を愛し守ろうとしてくれる彼の思いを大切にしたい。

芹花は頬を撫でる悠生の手を掴み、そのまま強く押しつけた。

「やっぱり半年なんて無理です。というより、悠生さんが楓さんの恋人の振りをするなんて我慢できない。楓さんの気持ちとか生方さんの選挙とか木島家の将来とか、そんなのどうでもいい。私は悠生さんが私以外の人と付き合ってるって思われるのが嫌なんです」

体中が熱い。自分の気持ちを露わに口にして、息も荒い。

悠生は目をまん丸にし、呆然としている。

「本音はそういうことなんです。ほんとは私、わがままでとっても意地悪なんです」

芹花は居心地が悪そうに肩をすくめたが、その表情はすっきりしていて、今まで見せていた不安定さも弱々しさもほぼ消えていた。

「そうだな、俺も嫌だ。俺の恋人は芹花だって早く公表したい。本当にごめんな」

本音を悠生にぶつけても事態が変わらないことは、ちゃんと理解している。それに、互いに気持ちを伝え合い、これから親密な恋人同士として過ごせると思っていたが、今はそれをあきらめざるを得ないこともわかっている。

そう、わかっているのだが、恋人を自分以外の女性、それも以前付き合っていた女性に貸すなんてこと嫌に決まっている。

「楓さんのことが嫌いだったら楽だったのに」

芹花は目の奥が熱くなるのをこらえ、くぐもった声でそう言った。

「だけど……今も悠生さんが戻ってこなかったらどうしようって不安でいっぱいです。でも、我慢しなきゃってわかってます」

「芹花が不安になるのはわかる。だけど楓とは絶対になにも起こらないから心配しなくていい。我慢もするな」

次々と思いを口にする芹花の言葉を遮るように悠生の声が響いた。

「とにかく信じてほしい。俺は絶対に芹花を裏切らないし、芹花が俺から離れることを認めるつもりもない」

『俺は絶対に裏切らない』。その言葉だけがやたら大きく聞こえたのは気のせいかと芹花は思ったが、悠生の目を見れば真意が読み取れた。

修と自分は違うと伝えたいのだろう。そう理解した途端、芹花の心は落ち着いた。

芹花の心の奥にある不安の根幹を、悠生はちゃんとわかっていたのだ。

修と礼美に傷つけられた過去に、今でも芹花はしばられている。悠生と修は違うのに、もしも悠生に裏切られたら……とどこかで悩んでいた。

けれど悠生が楓と恋人の振りをすることを断らなかったのは、彼が持つ優しさからに違いない。木島グループの今後を考えて受け入れたと口では言っていても、楓への情が悠生を動かしたのだ。

もちろん、別れた恋人にそんな優しさを見せられれば嫉妬するが、人としての温かさと大きさを知って芹花は確信する。悠生が裏切ることはないと。

「芹花が安心するなら、どれだけでも愛してやる」

悠生の強気な口調に、芹花は一瞬息を詰めた。

「……すごく偉そう」

でも作り笑いで顔色をうかがわれるよりも、偉そうなほうがよっぽどいい。『愛してやる』と力強く口にする悠生はどこまでも格好よく見えるのだ。

おまけに「この部屋に閉じ込めて、仕事にも行かせないってのもありだな」と眉を寄せながらぶつぶつ言っている。

閉じ込めるとは穏やかではないが、それは芹花への過剰な独占欲から出た言葉なのだろう。悠生は愛する女をどこまでも溺愛し、決して手放さない面倒な男。逆に言えば、芹花も悠生を存分に溺愛してもいいということになる。

芹花の心は弾んだ。

「閉じ込めるなら、週末の披露宴とサイン会がすべて終わってからにしてくださいね。どうせなら悠生さんと一緒に閉じ込められたら最高なんだけど」

「最高って……いいのか？　閉じ込めて俺のモノにしても」

悠生が期待のこもった目を芹花に向けた。

「この部屋じゃなくても悠生さんが望む場所についていって、じっと絵を描いてます。その代わり、一度閉じ込めたらずっとかわいがってもらわないと」

芹花はそう言って悠生の首に抱きついた。すかさず抱き返した悠生の手が芹花の背中を軽く叩く。

芹花は悠生の首に唇を当てながら、今ようやく体温がしっかりと交わった気がした。

これから半年間、悠生のほうが大変だというのに決して顔には出さず芹花を気遣い愛してくれる。それがわかっているから頑張れるはずだ。

「大好き……。早く半年が過ぎればいいのに」

芹花の吐息交じりの言葉の中に彼女の決意を感じ、悠生はようやく安心する。

「半年なんてあっという間だ。楓も彼との結婚までにフランスで結果を残すって張り切ってる。俺も……腹をくくるべきだな」

「腹をくくる？　悠生さん、なにか始めるの？」

「ん？　いや。ただ……そろそろ本当の意味で兄さんをサポートするべきだな、と」

悠生の呟きに反応した芹花の頭を、悠生はすぐに自分の肩に戻した。

「なんでもない。まあ、芹花が心配することはなにもないから安心しろ」

「うん……」

芹花は早口で答える悠生に違和感を覚えたが、頭をくしゃくしゃと撫でられて笑い声をあげた。

「半年経ったらすぐに婚約発表だ」

「婚約発表……すぐに？」

「当然だろ？　木島グループの御曹司の結婚だからな。ちゃんと発表しておかないとあとあと面倒ってのは建前で、俺が芹花を自慢して見せびらかしたくてたまらないんだ」

「私なんて見せびらかすほどでもないけど……でも、私も悠生さんのこと自慢したいかも」

芹花はそう言った途端照れて、「きゃー。なんてことを言ってるんだろ」といっそう強く悠生にしがみつき体をバタバタさせた。体は熱く鼓動は激しく脈打っている。

不意に悠生は体をくるりと反転し、芹花の体を組み敷いた。そして芹花の体をカーペットに押さえつけ、唇を重ねる。

「ん……ゆ、悠生さん」

悠生の舌が芹花の唇を割り、強引に動き回る。

「ちょっと……ん」

突然のことに抵抗しかけた芹花だが、悠生の体の重みに心地よさを覚えた途端、両手を伸ばし彼の背中に回した。自分からも舌を差し出して悠生の熱を探せば、低い声を漏らしながら、悠生もそれに応える。

「芹花……」

悠生は芹花の唇を自分のそれで挟み、軽く引っ張った。何度か繰り返されれば芹花の唇は敏感になり、赤く熟れたように変化する。色白の肌に映える赤い実のようで、悠生は満足そうに指でたどった。

芹花の体はその小さな刺激に反応し、鼓動はますます速くなる。足先から熱が這い上がり、耐えられず甘い声をあげた。

「その声、腰にくるな」

乾いた悠生の声が聞こえたと同時に、それまで唇に広がっていた刺激が胸に移った。

服越しに悠生の手が芹花の胸を揉み、ゆっくりと、そして確実に彼女の体を高まらせていく。慣れない熱や興奮を受け入れながら悠生の動きに応えていると、気づけばブラウスは全開でキャミソールがめくられ、ブラジャーのフロントホックも外されていた。

「やっぱり慣れてる……」

心地よいキスが鎖骨から胸に落とされるのを感じながら、芹花は悠生をからかった。芹花の滑らかな肌に夢中になっている悠生はそれには答えず、ちょうど目の前にあった胸の先端を甘噛みした。

「んっ……や、ダメ……っ」

体をピクリと跳ねさせた芹花は、助けを求めるように悠生の頭を抱きしめた。どんどん体が熱くなる。まるで燃えているようだ。

悠生はくくっと笑いながら変わらず芹花の胸に顔をうずめ、舌を這わせ続ける。

「悠生……好き」

胸だけでこんなに興奮させられ、自分の意に反して悠生を求めるように腰が動いてしまう。どうにかなってしまいそうで、芹花の目尻から涙が流れた。

すると悠生が勢いよく起き上がり、身に着けていた服をすべて脱ぎ捨てた。

芹花はほどよく引き締まった体を目にし、見とれた。綺麗に割れている腹筋にそっと手で触れると、「芹花のものだ」と言って悠生がその手を押さえた。

突然力が込められた手をどうしていいのかわからず、芹花は熱のこもった瞳を悠生に向けた。

「なにもかも芹花のものだから、好きにしていいぞ」

落ち着いている悠生の声に、芹花は自分ひとりが興奮しているようで恥ずかしくなった。それでも、このまま離れたくない。愛しい人に求められる時間は恥ずかしさ以上の幸せに満ちていると、とっくにわかっているから。

芹花の体をつぶさないようにゆっくりと覆いかぶさってきた悠生の肌はとても熱く、自分ひとりが高ぶっているわけではないと感じた。おまけに、重なった唇は少し震えている。

「好きだ……芹花。愛してる」

「私も、大好き」

キスの合間に聞こえる声は切羽詰まっていて、決して冷静ではないとわかる。

何度もキスを交わしながら次第に悠生の手が下がっていく。芹花の体の奥を目指し、優しく迷いなく。

「あっ」

悠生の指がたどり着いた先は、芹花自身が普段知らずにいる特別な場所。

「ここ、気持ちいいか？」

体の左半分で芹花の体を押さえつけ、右手で芹花の敏感な場所を刺激する。決して悠生ひとりが楽しんでいるのではなく、それ以上の快感を芹花に与えながら。

足を大きく開かれた芹花は恥ずかしくて閉じたいのだがその悦びには抗えず、ひたすら悶《もだ》え続ける。扇情的な表情で喘《あえ》ぐ芹花にたまらなくなった悠生が、乱暴な動きで芹花の顔を引き寄せキスを繰り返した。

「芹花、芹花……俺の、俺のだ」

体を重ね、抱きしめ合い、そして……。

カーペットの上で隙間なく体を密着させ、ひとつになって抱き合うふたりを、明るい月の光が照らす。ふたりの甘い吐息とキスを交わす濡れた音、そして攻められ喘ぐ芹花の声が、まだ新しい部屋にひと晩中響いていた。

翌日、悠生と楓についての憶測記事がテレビのワイドショーやネットニュースを賑《にぎ》わせた。

けれど、昨夜悠生に素直な気持ちを伝え、抱かれたせいか、今の芹花には少しの不安もない。なんとも単純だ。このまま騒ぎが鎮まり無事に半年が過ぎればいいと願っている。

週末には礼美と修の結婚披露宴に出席するために地元に帰り、そこではサイン会も予定されている。今一番の気がかりは、サイン会が予定どおりに終わるかどうか。というのも、地元でのサイン会には竜崎楓が特別ゲストとしてきてくれるらしく、騒ぎにならないかと不安なのだ。

楓自身が希望してのことだと聞き、芹花も感謝しているのだが、もしかしたら悠生と恋人同士を装うことへの謝罪の気持ちから申し出てくれたのかもしれないと思った。世界中のファッション都市を飛び回り、多忙な日々を送っている楓がわざわざ来るのだ、そうとしか考えられない。

だから、芹花は出版社の人が事務所でそのことを伝えてくれたときに断ってもらおうと思った。けれど、たまたま近くにいた橋口がその話を聞きつけ『お、俺もサイン会のお手伝いさせてください』とその場で手を挙げ、あまりの勢いに出版社もOKしてしまった。もともと竜崎楓に会いたいと何度も口にしていた橋口の喜びようは半端なく、当日に備えてスーツを新調するとまで。

芹花は肩を落とし、あきらめた。

「あれだけ喜んでるもん、今さら断れないな……。私も今日は帰ろう」

寝不足の体を叱咤《しった》しながらどうにか仕事を終え、芹花は事務所を出る。

木島家のマンションまでは電車を乗り継いで三十分。これまでとあまり変わらない通勤時間ということで、悠生が言っていた車での送迎は丁重にお断りした。

木島家の車であればきっと高級車に違いなく、そんな車に乗り降りするところを事務所の同僚たちに見られたらそれこそ騒ぎになる。悠生は心配していたが、とりあえず今は従来どおり電車通勤のほうが気楽でいい。

何度出入りしても慣れない高級マンションの部屋に帰り、のんびりと夕食を作っていると、リビングのテレビから《木島グループ》という言葉が聞こえてきた。

時計を見れば十九時半。テレビではニュースが流れていて、画面に映っているのはホテルの広い宴会場だった。大勢の記者と数多くのカメラが集まり、正面には長テーブルが置かれている。どうやら会見が行われるようだ。

「木島グループって聞こえたけど……え、悠生さん？」

会見場に現れたのは悠生だけでなく、成市と慎哉、そして顧問弁護士までいた。たくさんのフラッシュが光る中、三人は頭を下げて席に着いた。成市の隣の席に着いた悠生は姿勢を正し、正面を見据えている。

「どういうこと？　まさか楓さんとのことで会見？　だけどわざわざ家族で会見するはずないし……」

訳がわからない芹花はテレビの前に座り込み、成り行きを見守った。

《本日はお忙しい中、お集まりいただきありがとうございます。今日お集まりいただいたのは、木島グループの今後の経営体制についてご報告することがあるからです》

マイクを前に最初に口を開いたのは、社長である成市だった。

「経営体制？」

思いもよらない流れに芹花は息を詰めた。

《『木島重工』は来年創業六十周年を迎えます。長きにわたり弊社を支えてくださった方々に心よりお礼を申し上げます。これを機に、来年の株主総会において社長職を次男の悠生に譲るつもりでおります。何分まだ若く勉強中の身ではございますが、長男・愼哉の協力のもと、弊社の更なる発展のために尽力していく所存でございます。今後とも、ご指導ご鞭撻《べんたつ》のほどよろしくお願いいたします》

成市の言葉に、会場は一瞬静まり返った。そして《え、愼哉さんじゃないのか？》

とざわめく。

　昨夜ずっと一緒にいたにもかかわらず、悠生からなにも聞かされていないことに芹花はショックを受けた。

　そのとき、マイクを受け取った悠生が立ち上がり深々と頭を下げた。フラッシュが一斉に光り、まぶしそうに目を細めたが、落ち着いた様子で話し始める。

《木島悠生です。来年、木島重工の社長の職に就く予定です。まだまだ勉強不足であることは承知しておりますが、精一杯務めさせていただきます。よろしくお願いいたします》

　悠生は再び頭を下げたあと、晴れ晴れとした顔を記者たちに向けた。なんの不安も見えないすっきりとした表情からは自信と覚悟が感じられ、芹花は画面越しに「格好いい」と呟いた。

　質疑応答が始まり、早速記者たちから手が挙がった。

《次男の悠生さんが後継者に指名されたわけですが、その決定までの経緯をお聞かせください》

　着席していた悠生は、質問に軽く頷くと真面目な表情を浮かべ口を開いた。

　その後いくつかの質問を受け、悠生はそのひとつひとつに真摯に答えた。わかりやすく的確な言葉を選び、じっくりと自分の思いを口にする姿はクールで、その場の誰もが目を奪われていた。それだけでなく、木島グループの次期トップにどうして慎哉ではなく悠生が立つのかを多くの人に知らしめた。

そして、世間を騒がせている竜崎楓との関係についての質問はいっさい出なかった。そんなことよりも、悠生が口にする木島グループへの熱い思いへの関心のほうが高かったのだ。

思いのほか悠生に好意的だった記者会見が終わり、芹花は脱力しながらほーっと息をついた。仕事に向き合う悠生の姿は素晴らしく、その男っぷりに惚れ直していた。けれど、事前になにも聞かされていないことが残念でならない。

「あ……もしかしたら」

ピアニストになる夢をあきらめた慎哉に、せめて趣味としてでもピアノを弾く時間を作ってあげたいと言っていた。だから、慎哉に代わって父の跡を継ぐことにしたのかもしれない。

『俺も腹をくくるべきだな』

昨夜悠生が口にした言葉には、慎哉を木島グループの重責からほんの少し解放し、自分がその先に立つ決意が込められていたのだろうと芹花は考えた。

「だけど、やっぱり格好よかったな」

真摯な中に色気が感じられた悠生の姿を思い出し、芹花はその場で体を震わせた。

会見での悠生の姿に陥落したのは芹花だけではなかったようで、翌日の新聞には悠生の端整な顔が大きく掲載された。

おかげで悠生と楓の記事の後追いはほとんどなく、木島グループの次期後継者についての話題がそれに取って代わった。

もしかしたら悠生はこの展開を予想していたのかもしれない。楓との記事がさらに出て芹花が心を痛めないようにと先手を打ってくれたのだろう。

だからといってひと晩で次期社長が慎哉から悠生に簡単に変わるとは考えられない。楓との件がきっかけで水面下で進めていた話をこのタイミングで公表したというのが正解に違いない。

芹花はそう確信しているが、悠生に聞いても否定されるに違いなく、なにも聞かずにいた。ただ悠生の優しさに心ときめかせ、さらに愛しさを感じながら。

悠生の記者会見のあと、成市が芹花の家族に挨拶をしたいと申し出た。なんの挨拶もしないまま半年後の婚約発表を迎えるわけにはいかないと、気にしていたのだ。

マスコミが悠生に注目している中での顔合わせはいくらなんでもやめたほうがいいと芹花は思ったが……。

『あら、それならマスコミに邪魔されない香港のお気に入りのホテルでお食事をしましょう』

まるで近くのファミレスでお茶でもしようとでもいうような軽やかさでそう言った緑の提案により、木島家と天羽家の食事会が香港の五つ星ホテルで開催された。

滞在時間三時間の弾丸ツアーだったが、たまたま天羽家全員がパスポートを所持していたからこそ実現した食事会は、木島家に自分はなじめるのだろうかと芹花をいっそう不安にさせた。

反対に、芹花の家族は皆その非日常的な時間に圧倒されたのか、悠生との結婚にもろ手を挙げて賛成した。

そんな中でも悠生は絶えず芹花の隣に並び、ただ笑っていた。悠生にとって香港での顔合わせは、思うように芹花と会えなくなる半年間を乗り越えるための大切な時間だったのだ。

日曜日、いよいよ礼美と修の結婚式当日を迎え、芹花は朝一番の新幹線に乗って実家に帰ってきた。そして母親が運転する車でホテルに着いた。

「足元がおぼつかないけど、大丈夫なの？　都会で働いてるわりに、ハイヒールがしっくりこないのね」

ため息交じりの母に芹花は苦笑した。仕事に行くときだけでなく普段でもフラットシューズを愛用しているのだ。履き慣れないハイヒールに苦戦するのも仕方がない。

「私が作ったワンピースを着ればよかったのに、本当、昔からひとりでなんでも決めて、かわいくないんだから」

ロビーを抜けながら、芹花はチラリと母を見る。

お見合いのためにと母自ら生地を選び作り上げたワンピースだが、既に悠生が買ってくれたドレスがあり、芹花がどちらを選ぶのかは悩むまでもない。

淡いパープルのドレスを着た芹花はとても美しく、杏実は憧れの桐原恵奈のドレスを自分よりも先に着ている姉をかなりうらやましがっていた。

「かわいくなくて、ごめんね」

芹花が声をかけると寂しそうに視線を逸らす母に申し訳ないと思うが、今着ているドレスは特別なのだ、あきらめてもらうより仕方がない。

離れて暮らす芹花を母が案じていると杏実から聞き、芹花も母の言葉を以前とは違った心持ちで聞いている。それに、これまで杏実にばかり向けられていた母親の関心が自分にも向けられることが妙に嬉しい。

過去に母から言われた厳しい言葉の数々も、きっと自分への愛情の裏返しだったのだろうと、今ならわかる。

「だけど、その色は芹花によく似合ってるわね。今度あなたに服を仕立てるときの参考にするわ」

エレベーターに向かって並んで歩く母の表情は柔らかい。

実はこのドレスを気に入ってるのだろうかと、芹花は目を細めた。

「うん、楽しみにしてる。あ、言ってなかったけど、披露宴のあとのサイン会は母さんが作ってくれたワンピースを着るから。写真を撮っておいてね」

「え、サイン会で?」

「そうよ。まさかこのドレスでサイン会は無理だから着替えるの。それに、さすが母さんの手作りだけあって私の体にぴったりで着心地も抜群だった。ありがとう」

あっさりとそう言ってエレベーターに乗り込む芹花を母が追いかける。

「そうなの……サイン会で着てくれるのね」

ポツリと呟いた母の声はどこか誇らしげでまんざらでもなさそうだ。

芹花はそれに気づかない振りで行き先階のボタンを押した。そして、いよいよ礼美と修に会うのだと深呼吸をした。

新婦の控室前には綾子をはじめ地元の友達十人ほどが集まっていた。綾子が芹花に気づき、駆け寄ってくる。

「そのドレス、すっごく似合ってる。さすが桐原恵奈の作品だね。というより、木島さんが選んだだけあるって言ったほうがいいのかな」

綾子はくくっと笑い、肩を揺らす。

「どっちも正しいかな」

そう言ってにっこり笑った芹花に、綾子は複雑な表情を見せた。

「……芹花、大丈夫なの？　竜崎楓と木島さんの記事のこと、落ち込んでない？」

悠生が楓と付き合っている振りをすることを事前に知らされていた綾子は、周囲を気にしながら小声で問いかけた。

「大丈夫。悠生さんのほうが今は忙しくて大変だもん。私が落ち込んでる場合じゃないし」

ふふっと笑い、落ち着いている芹花に、綾子は安心した。

「あ、その楓さんだけど、イラスト集のオビのコメントを書いてくれたこともあってサイン会にも来てくれるの。あまりにも美しいからきっと驚くよ。……え？　どうかした？」

「ううん。でも芹花、強くなったね。いつも人の後ろに隠れて絵ばかり描いてたのに」

「私もそう思う。これも全部、悠生さんの影響かな。悠生さんも腹をくくったから、私も覚悟を決めて半年頑張るって決めたの。それに強くならなきゃ悠生さんの隣にはいられないでしょう？　なんせ社長になっちゃいそうだから」

そう言って肩を落とす芹花だが、表情は明るく口調もしっかりしている。

悠生が選んだドレスがそんな彼女の魅力をいっそう強調し、ホテルにいる男性たちの視線を集めている。

綾子はふと思いつき、クラッチバッグからスマホを取り出した。そして、芹花に向けて構えた。

「芹花、笑って」

「え？　写真？」

「せっかくだから、そのドレスもしっかりと撮っておかなきゃね」

綾子は数歩後ずさり、芹花の全身の写真を撮った。綾子はその写真に満足しニヤリと笑うと、慣れた手つきでスマホを操作し始めた。

「今撮った写真、芹花のスマホに送ったから披露宴の前に木島さんに送ったら？　きっとドレスを着ている芹花を見たくて仕方がないだろうから」

「あ、そうかな……。うん、送っておく」

芹花は綾子から届いた写真を【今から披露宴です。ドレス、似合ってるかな】というメッセージと共に悠生に送った。すると、すぐに返事がきた。

その速さに驚いた綾子は芹花のスマホをのぞき込む。

「えーっと。……ドレスが似合いすぎていて心配だ。綾子さんのそばから絶対に離れるな、だって。木島グループの次期トップの弱点は芹花に決定。……じゃあ、芹花が木島さんに愛されすぎて幸せだと確認できたところで、新婦に会いに行こうか」

綾子は冗談混じりの口調から一変、慎重な表情を浮かべた。

そのとき、同級生たちがふたりの周りに集まってきた。滅多に地元に帰ることのない芹花が有名人として帰ってきたとなれば、誰もが彼女と話したがっている。

「同窓会にも滅多に来ないと思っていたら、あっという間に有名人だな」

「今日、ここに来る前にイラスト集、買ったぞ。まさかあのイラストの作者が芹花だとは驚いた。嫁さんが絶対サインもらってこいってうるさいから、あとで頼むな」

「美大に行ったのは知ってたけど、よく頑張ったね、すごいよ。同級生の誇りだよ」

集まった同級生たちから次々と祝いの言葉をかけられ、芹花は照れた。

「はいはい、芹花のお祝いはまた改めてしようよ。まずは礼美にお祝いを言いに行かなきゃ」

綾子の声に、同級生たちは芹花と話し足りないながらも動き始めた。


礼美と修の結婚披露宴は、名だたる招待客が席を埋めた。

「地方の社長令嬢の披露宴がここまで豪華なんだから、芹花のときはどれほどのものになるんだろうね。あ、私は同級生一同のテーブルじゃなくて、芹花の事務所の有望な若手弁護士のテーブルに紛れ込ませてね」

オマール海老に舌鼓を打ちながら、綾子は期待を込めてそう言った。

芹花も綾子に負けず、おいしい料理を堪能していた。その一方で、金屛風《きんびょうぶ》の前に並んで座っている新郎新婦から向けられる許しを乞うような視線が面倒で仕方がない。

控室に挨拶に行ったときにも、礼美から『本当にごめんなさい』と頭を下げられ、ただでさえ芹花を気遣う同級生たちの手前、居心地が悪かった。

そのとき、写真を撮ろうとテーブルに置いていたスマホが震えた。

「あ、また悠生さんからメッセージだ。披露宴のお開きに間に合うように車を飛ばしてるって書いてあるけど。まさかここに来るのかな。でも、そんなことしたら、まずいんじゃ」

焦る芹花の手から、フォークが皿の上に落ちた。

「ホテルには大勢の人がいるのに、私と悠生さんが一緒にいるところを見られたらまずいよね」

「うん、きっと怪しまれるね。あーあ、よっぽど芹花のことが心配なんだ。それにしても溺愛しすぎ」

「そんなことよりも、来ないように言わなきゃ」

面白がる綾子を泣きそうな目で睨んだ芹花は悠生にメッセージを打とうとした。その間にも、いくつものメッセージが届き続ける。すべて、『今から会いに行くから待ってろ』というような内容で呆然とする。

先日の記者会見以来、悠生への注目はかなりのもので、その見た目のよさはもちろんだが、会見で見せた仕事への強い意欲も相まって、評価は右肩上がり。連日ワイドショーを賑わせている。今では週刊誌だけでなく、お堅い経済誌や新聞でも悠生の特集が組まれるほどだ。

そんな中で、今ふたりが一緒にいるところを写真に撮られれば、楓と生方との関係にも影響が出るかもしれない。

芹花はどうすればいいだろうと頭を抱えた。


その後披露宴もお開きとなり、芹花は同級生たちと会場を出た。

「芹花はこれからすぐにサイン会に向かうんだよね？」

「うん。この上の客室で出版社の人が待っていて、そこで着替えてから会場に行くことになってる。だけど……」

芹花はエレベーターに近い場所で荷物を足元に降ろすと、あたりをきょろきょろと見回した。

「なに？　まさか本当に御曹司がやってくるの？」

綾子も周囲に視線を向けた。

「時間的にはそろそろ着いてもおかしくないけど、途中で我に返って引き返したかも」

芹花はそう言いつつも、何度となく届いたメッセージの勢いを考えれば、それはないだろうと思っている。昨夜も芹花が同級生の男性から口説かれないかと不安を口にし、今着ている芹花のドレスでさえ『似合いすぎるドレスを選んだ自分を殴ってやりたい』と訳のわからないことで悩んでいた。

「あ、御曹司の登場だ」

綾子の声に芹花がホテルの入口に顔を向けると、ちょうど悠生が回転扉を抜けてホテルに入ってきた。

「本当に来ちゃった……」

悠生の姿を見た芹花は嬉しくて頬は緩むが、周囲には大勢の人がいる。今話題の悠生と芹花が一緒にいるとなれば大騒ぎになるはずだ。

綾子も同じことを考えているようで「これってまずいよね」とうろたえている。

「絶対にまずいよ。ほら、悠生さんに気づいた人たちがスマホで写真を撮ってるし」

芹花に向かって極上の笑みを浮かべて歩く悠生の近くでスマホを構える人たちがいる。その様子に周囲がざわざわし始めた。

「あの御曹司、芹花以外のこと、なにも考えてないよ。ほら、芹花を見てあんなに笑ってるし」

足早にやってきた悠生は普段のスーツ姿とは違い、ベージュのクルーネックセーターにブラックジーンズ姿が新鮮で、芹花は思わず見とれた。

悠生は恥ずかしがる芹花や周囲からの注目に構うことなく芹花の目の前に立つ。あまりにも近すぎる距離に芹花は後ずさった。

「さすが桐原さんのドレスは目立つな。だけどもう少し露出は少なめのほうがいいよな……だけど、似合ってるからいいか」

芹花の姿を熱心に見ながらぼやいている間にも、悠生は周りの客からカメラを向けられている。写真がSNSにアップされでもしたら、それこそ来週のワイドショーに絶好のネタを提供することになる。

「悠生さん、まずいです。とりあえずここを離れましょう」

芹花は悠生の腕を掴むと、急いでエレベーターに向かった。けれど悠生はその場を動かず、逆に芹花の体をぐっと引き寄せた。

腕を引っ張られた勢いのまま、芹花は悠生の胸に飛び込んだ。その瞬間、「きゃー」というざわめきが広がり、芹花は慌てて悠生から離れようともがく。

「離して。写真を撮られてるし、まずいです」

「大丈夫だから、じっとしてろ」

焦る芹花と違って、悠生は落ち着いた声で芹花に微笑んだ。

「マスコミに写真が送られてもいい。いっそ撮影会を開いてもいいな」

「あ、あの？」

悠生の言葉が理解できず、芹花は動きを止め目を丸くした。

「悠生さん、いったいどうしたんですか。楓さんとの約束が……」

カモフラージュの計画が台無しになるかもしれない。

おろおろする芹花に、傍らでふたりを見守っていた綾子が近づいてきた。

「公共の場で抱き合うのはやめたほうがいいですよ。特に今の木島さんは、その辺のアイドルよりも人気があるんだから。それに芹花は部屋に行って着替えなきゃ」

「サイン会だろう？　着替えたら俺の車で会場まで連れていってやるよ」

当然だとばかりに話す悠生に、芹花はかぶりを振った。

「それは無理。一緒の車に乗ってるところを写真に撮られたら、それこそ大騒ぎになるから絶対ダメです」

「いいから、落ち着け」

「あの、とっとと芹花を離さないと、来週のテレビとネットは御曹司の二股熱愛報道で盛り上がることになりますよ。まあ、既においしい写真をたっぷり撮らせてるんだから、手遅れだとわかってるんでしょうけど」

芹花を抱き余裕の表情を浮かべる悠生に、綾子が不機嫌な顔を向けた。

悠生は尖った声にひるむことなく綾子を見返すと、もったいぶった声で答える。

「そうだな。もう手遅れ。来週どころか三十分以内には芹花のこの綺麗な姿がネットに登場するはずだ」

「登場って、あの」

どこかそれを楽しみにしているような悠生に、芹花は慌てて体を起こした。

「どうしよう、楓さんに迷惑が……」

悠生に肩を抱かれたまま、芹花は呆然とする。

「心配するな。マスコミにはそれなりに慣れてるから、ちょっと利用した」

悠生は小声でそう言って、自慢げに笑みを浮かべた。

「利用って……」

「いったいなにをしたのよ。ただでさえ芹花は木島さんと楓さんのことでいっぱいいっぱいなのに、これ以上振り回さないで」

悠生の言葉に神経質に反応した綾子は、辺りを気にしながらも強い口調で詰め寄った。

この状況は本当にまずい。それに、サイン会のために着替える必要もある。

「サイン会にはマスコミの記者の人が来ていて、悠生さんが現れればそれこそ大騒ぎで収拾がつかなくなると思うので……」

残念だがここでいったん離れたほうがいいと、芹花が口にしようとしたとき。

悠生がニヤリと笑った。

「大丈夫。俺と芹花が婚約したこと、さっき父親の名前でマスコミに発表したはずだから、そろそろネットがざわつくはずだ。だから俺が一緒にいても全然気にすることはない。それどころか、俺が見守っているほうが芹花も安心してサインを書けるんじゃないのか？」

悠生は芹花の顔をのぞき込むと、躊躇なくキスをした。

周囲からは「きゃー」という悲鳴にも似た声があがる。

芹花も叫びたいほど驚き、両手を唇に当てて呆然とした。

「い、今なにを……って、キスなんですけど、どうしてこんな人前で」

「婚約記念ということでいいんじゃないか？　今の俺、かなり幸せで無敵な気分だし」

芹花の頬を指先でつつきながら、悠生は満面の笑みを浮かべた。

芹花も綾子も、そして周囲の人たちも、悠生の満ち足りた表情に目を奪われる。

「俺は、木島グループも大切だけど芹花も大切なんだ。だから、ちょっと頑張ってみた。ま、芹花は俺をただ愛してくれればそれでいい。あとは任せろ」

「任せろって言われても……でも、一緒にいてもいいの？　楓さんのこと、気にしなくていいの？」

そうであればいいと芹花は願う。

「楓さんには申し訳ないけど……そうだったら私も幸せで、無敵」

芹花は悠生の熱がまだ残る唇に手を当てながら、つい本音を呟いた。

心では仕方がないと納得していても、悠生が楓と恋人同士であると見せかけるのは嫌だった。たった半年の辛抱であり、既に木島家では芹花は悠生の婚約者として認められているが、それでも心は苦しかった。

だから、どんな経緯で成市が婚約を公にしたのかもわからず、それによって楓たちにどんな影響が出るのかと考えれば不安だが、やはり嬉しい。反面、木島家ほどの名家であれば、事前に親戚への挨拶や報告を済ませるべきだということも容易に想像できる。けれど、そんな気がかりすべてをひっくるめ、無理を承知のうえでの発表だったのかもしれないと芹花は感じていた。

サイン会には予想以上の人が集まり、芹花はぎこちないながらも笑顔を心がけながらサインを書き続けた。

そして終盤に差しかかった頃、出版社の人に伴われた竜崎楓が登場し、その場は騒然となった。オフホワイトのニットワンピースがよく似合い、さすがトップモデルだと思わせる華やかさに、会場のあちこちからため息も聞こえた。

ふと気になり芹花が会場の片隅に立つ悠生を見れば、楓には目もくれず絶えず芹花に視線を向けている。芹花を安心させるように笑う悠生に頷いて応えると、芹花の体中が温かい力で満たされた。

その後、書店の奥に用意されたスペースで記者たちとの質疑応答が始まった。記者たちに囲まれた芹花の隣には楓が立ち、そしてもう一方の隣にはなぜか悠生が立っている。

今話題の三人が一堂に会し、記者たちの熱量は半端なものではない。

「イラスト集の発売おめでとうございます。こうしてたくさんの方がサイン会にいらっしゃってますが、感想をいただけますか?」

記者からの質問に、芹花は緊張しながらマイクを手にした。

「予想以上に大勢の方に来ていただき、夢のように嬉しいです。このイラスト集がたくさんの方に楽しんでいただければと思います」

想定どおりの質問に、芹花はスムーズに答えた。

「では、その喜びは誰とわかち合いたいですか?　お隣にいる木島悠生さんとご婚約されたと発表がありましたが、もちろん木島さんとはお祝いの予定があるんですよね」

待ってましたとばかりの勢いで、記者が悠生との婚約についての質問を始めた。

そのとき、悠生が芹花の手からマイクを引き取った。

「イラスト集の発売に関する会見ですが、その前に私に少し時間をください」

悠生の言葉に、記者たちが一斉にカメラとマイクを向けた。

「本日発表しましたとおり、私と天羽芹花は婚約いたしました。結婚式などの具体的な予定は未定ですが、決まり次第お伝えいたします。彼女の自宅近くのカフェで知り合い、ひと目惚れした私の粘り勝ちというところです」

喜びを隠しきれない笑顔の悠生に向かってフラッシュが一斉に光った。どうしてふたりの婚約を発表したのかが気になる芹花だが、悠生は落ち着いた声で再び口を開いた。

「そして、先日竜崎さんが私の自宅マンションを訪ねる写真が雑誌に掲載された件ですが」

悠生自らが楓とのことを話し始め、芹花はこの日何度目かのフラッシュを浴びた。

「今回のイラスト集のオビコメントを竜崎さんが引き受けてくれたと芹花から聞き、懐かしさもあって竜崎さんに連絡をしたんです。それから何度か我が家に来てくれたんですが、竜崎さんはもともと芹花のイラストの大ファンで、毎回私そっちのけで話が盛り上がっていました。まさか私との熱愛騒動に発展するとは思ってもみませんでしたが、これが真相です」

その場に集まっていた記者たちが一番聞きたかった真相を突然悠生が話したことで、なんともいえない空気が流れた。

「あ、あの、じゃあ、今は竜崎さんと木島さんとの間には恋愛感情は」

「ないです。確かに若い頃お付き合いしていましたが、今はトップモデルとして活躍する竜崎さんを尊敬し、応援しています。それだけです」

きっぱりとそう言った悠生に続き、楓がマイクを引き受けた。

目の前をマイクが行き来する状況に、芹花はただ立ち尽くす。

「私と木島さんは単なる昔馴染《なじ》みです。私も大企業を背負う彼を応援していますが、それよりも天羽芹花さんをひとり占めする彼に嫉妬しているんです。こんなに素敵なイラストを目の前で描いてもらえるなんて、本当にうらやましいですよね」

楓は悔しそうに眉を寄せた。

悠生も楓もふたりの間には恋愛感情はないことを強調しながらスラスラと話を進めている。芹花が感心しながらうつむけば、震えている楓の手が芹花の目に入った。強く握っているのだろう、手の甲は白くなっている。

「楓さん……」

悠生と楓が恋人同士の振りをすることに心を痛めていた芹花のために、こうしてひと芝居打っている。そして、婚約発表という大きなネタをマスコミに提供することで、楓との疑惑もすべて払拭しようとしているのだと理解した。

正面を見据え嘘をつき通そうとしているふたりに、芹花は震えた。どれほど私は愛されているのだと胸が詰まり、慌てて視線を上げる。目の奥が熱く、こぼれ落ちそうになるものを必死で我慢するが、次第に目の前が曇っていく。

ダメだ……と思った瞬間、頬を温かいものがすっと流れ落ちた。

「ありがとう……」

「え？　芹花さん？　どうしたの、悠生になにかされたの？　まったくどれだけ彼女のことが好きなのよ。会見のときくらい我慢しなさい。終わったら存分にいちゃついていいんだからね」

涙を流している芹花に、楓はハンカチを手渡した。

「あ、悠生ね、私と久しぶりに会ったとき、挨拶もそこそこに延々と芹花さんのことをのろけ続けてね。初めは笑って聞いていたんだけど、そのうちいくらなんでも芹花さんへの溺愛やら束縛が強すぎて怖くなっちゃって。だから、芹花さんを私も守ってあげようという決意表明も兼ねて、コメントに〝もう、大丈夫〟って書いたの。なかなかでしょ？」

マイクを通して響いた楓の言葉に、会場はどっと沸いた。

「すみません、なんだか緊張していたみたいで……」

突然泣き出した芹花はそう言って記者たちに背を向けたが、その姿も微笑ましく、会見の場は一気に和んだ。

そして、この会見の模様がワイドショーで何度も流されたことでイラスト集への関心はそれまで以上に高まり、予想以上の売り上げを記録することになった。

# 最終章　愛され妻は無敵

た。

《梅雨が明けた模様です》と伝えるアナウンサーの声を聞きながら、芹花は今朝もリビングのソファで休んでいた。ソファに体を丸めて目を閉じ、時折苦しげに顔をゆがめる。色白の肌は普段よりも青白く、起きているのも億劫《おっくう》だとばかりに目を閉じていた。

ここ数日水分以外ほとんど口にできない状態が続き、ただでさえ華奢な体がいっそう細くなった。

「今朝も食べられないのか？　芹花が好きなハンバーグでも焼肉でもなんでも用意させるぞ？　あ、オレンジジュースでも持ってこようか」

悠生は芹花の傍らにひざまずき、おろおろしながら彼女の肩を撫でる。

「普段あれほど食べる芹花が食欲をなくすなんて、よっぽどつらいんだよな……俺が代わってやれたらいいのに」

悠生は芹花の手を自分の額に当て、苦しげにため息をついた。

「ハンバーグとか焼肉とか……今は無理。考えたくもない」

「だったらなにが食べたいんだ？　ちゃんと食べないと、どんどん痩せてるじゃないか。そのうち死んでしまうんじゃないかと気が気じゃないんだ」

「まさか、心配しすぎです」

ただでさえ社長としての多忙な毎日のせいで心身共に疲れているというのに、必要以上に芹花を気にかけ参っている。自分よりも先に倒れるのは悠生のほうかもしれないと、芹花は力なく笑った。

一年と少し前、悠生が社長に就いたのとほぼ同時期にふたりは結婚し、芹花はそれを機に事務所を退職した。木島グループを率いていく悠生を支えるためには仕方がないのだが、芹花の人生をよい方向に変えてくれた三井への恩を感じていた芹花にとっては苦渋の決断だった。

結婚式の直前まで仕事を続け、芹花の後任として採用された女性への引き継ぎも完璧に済ませた。ただ、三井法律事務所の代名詞と言われるほどまでになったホームページのイラストは、それまでどおり三カ月に一度のペースで今も芹花が手がけている。

一年半前に発売したイラスト集は大ヒットし、翌年の書籍売り上げのランキング上位に入った。多くの人に楽しんでもらえたことはもちろん嬉しいが、イラスト集をきっかけに三井法律事務所を訪れ、悩みを相談する人が増えたことも、芹花だけでなく事務所全体のやる気を高めた。

芹花と悠生が婚約を発表してからの日々は猛烈に慌ただしく、思い出すのも難しいくらいの速さでなにもかもが進んだ。アマザンホテルでの結婚披露宴には国内だけでなく世界各国から重要人物が参列し、テレビやネットでしか見たことのない顔ぶれに足が震えたのも今では笑い話だ。

「これは病気じゃないし、時期が来たら食欲も出てくるってお医者様がおっしゃっていたのを忘れたの？　毎回一緒に診察室に入って話を聞いているのに、しっかりして」

芹花は心配そうな悠生の肩を軽く叩いた。気苦労が絶えないのだろう、以前より頬がシャープになっている。

悠生が木島重工業の社長になってからまだ一年と少し。まだまだ若く経験が浅い彼に社長としての余裕はない。前社長の成市が会長職に就き、兄の慎哉は悠生の秘書として彼を支えているが、大企業グループのトップに立つ重責は言葉にならないほど大きい。

そんな状況も悠生が痩せた理由のひとつだが、芹花を心配しすぎることが最大の理由だ。この週末は、久々に二日間の休みが取れた悠生が朝から芹花の容態を気にかけおろおろし続けている。朝からというよりも、昨夜仕事を終えて帰宅してからずっと、というのが正確だ。芹花はそんな悠生の愛情に感謝しているが、妊娠は病気ではないのだから仕事に集中してほしいと何度も伝えている。

芹花は悠生の手をまだふくらみが目立たないお腹に置いた。その途端、悠生の手がピクリと震えた。

「おとといの検診でも、つわりがあるのは赤ちゃんが元気に育っているからだってドクターに説明してもらったでしょ？」

芹花がゆっくりと体を起こせば、悠生が慌てて彼女を支えた。

「あ、昨日お義母《かあ》さんから来週末にあちらで夕食を一緒にしましょうって電話があったけど、悠生さんはお仕事大丈夫？」

「芹花が行くなら仕事はなんとしてでも調整するけど、どうして実家に行かなきゃならないんだ？　俺は芹花とふたりでいたい」

悠生は理解不能とばかりに唇を尖らせ、芹花の隣に腰を下ろした。

「それに、つわりで苦しんでいる芹花をどうして食事になんて誘えるんだ？　食べられないってわかってないのか？」

ぶつぶつと文句を口にする悠生に、芹花は苦笑した。ほんの少し前、ハンバーグや焼き肉を芹花に食べさせようとしたのは悠生だというのに。

「お義母さんはただ私たちに会いたいのよ。食事だって、私が今食べられるものを詳しく聞いてくれたから、きっと本家専属シェフの皆さんがそれに合わせて腕を振るってくれるはず」

「だけど俺は芹花とふたりきりがいいんだ。食事ならここに運ばせればいいし、なんなら俺が作ってやる」

きっぱりと言い切ったあと、悠生は我に返ったように顔を赤くした。余計なことを口にしたと後悔しているのがひと目でわかる。

「作ってやるといっても、俺の得意料理はフレンチトースト一択なんだけど」

気まずそうに瞳を揺らす様子は普段の凛々しい姿からは想像できないが、芹花はこんな悠生が愛しくて仕方がない。

結婚が決まってからは、木島家の親戚縁者たちからの面倒な干渉や芹花を次期当主の妻として迎えることに反対する声もあった。そのたびに悠生は前面に立ち芹花をかばい守った。

芹花以外の女性とは結婚する気はないと宣言して少しもぶれない悠生に、親戚たちの態度は徐々に軟化した。芹花はそんな頼りがいのある悠生の姿に惚れ惚れし、いっそう愛するようになった。

けれど、結婚してから今のように自信のない悠生を知るにつれ、さらに愛情が深まるのを感じていた。誰にも見せることのない悠生の素の姿を知るのは、妻である芹花だけの特権で、彼女の宝物。

「なんだか食欲が出てきたような気がする。悠生のフレンチトーストならたくさん食べられそう」

芹花は悠生の体に腕を回し、上目遣いでおねだりした。途端、悠生はパッと表情を明るくし、満面の笑みを浮かべた。芹花もにっこりと笑顔を返す。

「わかった。すぐに作るからここでゆっくり待ってろ」

悠生ははしゃいだ声と共に立ち上がってキッチンに向かうが、思い出したように歩みを止め、芹花の元に戻ってきた。

「どうしたの？」

「ん、忘れてた」

悠生は芹花の前に膝をつくと芹花の腰を抱き、顔を彼女のお腹にうずめた。芹花はそうだったと思い出した。

「花《はな》ちゃんおはよう。今日は一日パパも一緒だぞ。よろしくな」

芹花のお腹にいる赤ちゃんに向けて、悠生は聞き取りやすい声でゆっくりと挨拶をした。妊娠がわかって以来、悠生はこうして毎朝声かけを続けている。おまけにまだ性別は判明していないのに赤ちゃんのことを『花ちゃん』と呼び、女の子だと決めつけているのだ。

「あ、動いたかも」

「本当か？」

ポツリと呟いた芹花に、悠生は大きく反応した。

「んー。どうだろう。最近それっぽい感じはあるんだけど、もぞもぞ感じるだけで、はっきりと『あ、動いた』というのはなくて。でも悠生の声を毎日聞いてるから、喜んでるはず」

「そうだよな。なんといっても俺はパパだからな」

顔を上げた悠生の目尻は下がり、口元は緩んでいる。今でさえこれほどデレデレなのだ、生まれたらどれほど甘々なパパになるのだろう。芹花は人知れず不安に思っている。

「芹花のような絵心のある子かな、それとも杏実ちゃんみたいに音楽の才能があっても楽しいな」

悠生は三人で暮らす近い未来を想像して、目を細めた。

「私は、悠生みたいに愛する人をちゃんと幸せにできる子がいいな」

人より秀でた才能がなくても、愛する人と出会い、相手も自分も幸せにできる力があれば、それだけで人生は楽しい。

芹花自身がそうなのだから間違いない。悠生に愛され、思う存分愛を返せる。これ以上の幸せはない。

悠生は名残惜しそうに芹花のお腹から離れると、そのまま彼女の隣に腰を下ろした。そして芹花の肩にゆっくりと腕を回し抱き寄せた。

「芹花って、ドキッとすることを平気で言って俺の息を止めるよな。……俺が芹花を幸せにするのは当然だろう？　そのために生きているんだから」

「息を止めるなんて大げさです。それに嘘偽りのない私の本心だから、何度でも言いたいんだけどな……ふふっ」

悠生だって甘い言葉で芹花を悶えさせる達人で、そのたび鼓動が跳ねすぎて困るとは芹花は口に出さない。たとえ困ったとしても、それこそが幸せだからだ。芹花は何度でも甘い言葉と体温で悶えさせてほしいくらい悠生を愛している。

「もう少ししたらきっと、花ちゃんが元気に動いてるのがわかると思う」

「あー、早く会いたい。待ってるから元気に生まれてこいよ」

芹花のお腹に向かって悠生がたまらず声をかけた。

芹花はくすくす笑いながら悠生に寄り添った。そしてすっと息を吸い込むが、あるはずの匂いを感じられずガッカリする。

芹花が妊娠するまでは悠生は爽やかで上品なシプレ系の香水を好んでいたが、今は匂いに敏感になっている芹花のためにやめている。その匂いに触れるたび悠生のそばにいると実感していたのに、今はなんだか物足りない。

「私のつわりが落ち着いたら、あの香水をつけてほしいな。悠生の香りだから安心するの」

「そうだったな。いつも俺にしがみついて香りを楽しんでるもんな……。欲張るように俺を欲しがるし、離せなくなる」

「な……なにをいきなり言い出すの」

芹花は平然と話す悠生に顔を真っ赤にし、悠生の腕を軽く叩いた。興奮してとか欲張るとか……身に覚えがあるだけに恥ずかしい。確かに悠生に香水を胸にひと振りされるだけで部屋中が匂いたち、体中で悠生を求めてしまう。

体温を重ねる甘い時間を思い返すと恥ずかしくてたまらず、悠生の胸に顔をうずめた。

「こんな話をしてる場合じゃなくて、フ、フレンチトーストを食べなきゃ」

芹花は艶めいた空気を変えるように呟くが、照れ続けているのか顔を上げようとしない。

すると悠生は芹花の体を上から覆うように抱きしめ、額を芹花の背中にこすりつけた。

「花ちゃんも愛する人をちゃんと幸せにできる人になってほしいけど、パパ以外の男を幸せにするのかと考えたら……泣けてくる」

「え、今から泣いてどうするの？　そんなのまだまだ先のことだし、花ちゃんが女の子だって決まったわけじゃないし」

芹花は呆れて顔を上げた。すると、目を真っ赤にした悠生と視線が絡み合う。悠生は自分で言った言葉に自分で落ち込み涙ぐんでいる。

花ちゃんが生まれたら、それこそ親バカ全開で仕事まで放棄するのではないかと芹花は不安になるが、そんなへたれな悠生にさえ魅力を感じる自分もまた、悠生に惚れすぎておかしいのかもしれないと笑えてくる。

けれど、それはとても幸せなことなのだ。溺愛する人に溺愛される喜びは何物にもかえがたい。

「……ねえ、花ちゃん、あなた将来大変ね。パパに愛されすぎて、お嫁にいけないかも」

芹花はお腹を優しく撫でながら語りかける。

「あ、花ちゃん花ちゃんてうるさいかな？　もしかしたら木島家の次の御曹司かもしれないものね」

お腹の赤ちゃんがもしも男の子だったら、それこそ悠生のように大切な女性を全力で守り愛する幸せを手に入れてほしい。

「男の子でも女の子でもどっちでもいいわ。無事に生まれてパパとママをもっと幸せにしてちょうだい」

穏やかに語りかける芹花の手を悠生がそっと包み込む。

「じゃあ、俺は愛する妻をもっと幸せにするから」

悠生は芹花の顔をのぞき込み、軽く唇を重ねた。チュッと小さな音が響き芹花は顔を赤らめた。

「今でも十分幸せなのに、もっと幸せにしてくれるの？　それって大変。これ以上の幸せなんて考えられないもの」

ふたりは額をくっつけ笑い合う。そしてもう一度キスを交わした。

「あ、動いた。今、絶対に動いた。もぞもぞじゃなくて、しっかりと動いた」

芹花は今までになく強く感じた刺激に大きな声をあげた。

悠生は「え、本当か？」と慌て、芹花のお腹にこわごわと手を当てた。

「よくわからないな……。花ちゃん、動いていいぞ。パパだよ」

「……一瞬動いたけど、今はおとなしくなっちゃったみたい。きっと私たちが仲よくしてる声を聞いて冷やかしたのよ」

弾んだ声で笑う芹花に、悠生もつられて笑った。

「じゃあ、まだまだ仲よくしなきゃな」

そう言ってニヤリと笑うと、悠生は再び芹花にキスをした。悠生の愛がたっぷり込められたキスに、芹花は悠生の体に腕を回して応えた。お腹の中で、赤ちゃんがからかうように動いているのを感じながら……。

そしてこれからも、御曹司に愛される幸せな日々は続いていく――。


【完】

# あとがき

こんにちは。惣領莉沙です。

『極上御曹司に求愛されています』をお手に取っていただきありがとうございます。

自分が望んでいた人生を歩めず、自信のない毎日を過ごしている芹花と、彼女にひと目惚れした御曹司の悠生とのお話です。悠生の芹花への徹底した溺愛ぶりに癒されていただければと思います。

溺愛をテーマに掲げて書いたお話はいくつかあるのですが、今作の悠生はその中でも一、二を争う溺愛の強者ヒーローです。

愛する女性が離れていかないよう、とっとと外堀を埋めて逃がさない。女性なら一度はそんな押しの強さに憧れるのではないかなと思いつつ書いていました。

もちろん、自分好みの素敵な王子様を想像（妄想？）しながら。

現実ではそうそう簡単に王子様にはめぐり会えませんが、今作が忙しい日々の気分転換のお役に立てれば嬉しいです。

書籍化にあたりお力添えくださった皆様、ありがとうございました。

今回、これまでマカロン文庫でお世話になっている丸井さんが、こちらでも担当してくださいました。どちらかといえば、というよりも、明らかに執筆に対して弱気でガッツのない私に明るい言葉と話題を提供してくださる頼もしい担当様です。

編集協力のヨダさんにも毎回勉強させていただいています。ご指摘すべてが私の力となり宝物でもあります。

カバーイラストを手がけてくださった芦原モカさんにも感謝です。今回の初めてのご縁に興奮いたしました。華やかで幸せに満ちている芹花と悠生はとても美しく、一生の記念になりました。ありがとうございました。

最後になりますが、携わってくださった皆様、そして何より読者様、これからも、よろしくお願いいたします。このご縁が末永く続きますよう、いっそう精進いたします。

惣領《そうりょう》莉沙《りさ》

惣領莉沙先生への
ファンレターのあて先

〒104-0031
東京都中央区京橋1-3-1
八重洲口大栄ビル7F
スターツ出版株式会社　書籍編集部　気付

惣領莉沙先生

## 本書へのご意見をお聞かせください

お買い上げいただき、ありがとうございます。
今後の編集の参考にさせていただきますので、
アンケートにお答えいただければ幸いです。

下記URLまたはQRコードから
アンケートページへお入りください。
https://www.berrys-cafe.jp/static/etc/bb

この物語はフィクションであり、
実在の人物・団体等には一切関係ありません。
本書の無断複写・転載を禁じます。

# 極上御曹司に求愛されています

2019年5月10日　初版第1刷発行

著　　者　惣領莉沙
©Risa Soryo 2019
発 行 人　松島 滋
デザイン　カバー：北國ヤヨイ
フォーマット：hive & co.,ltd.
校　　正　株式会社鷗来堂
編集協力　ヨダヒロコ（六識）
編　　集　丸井真理子
発 行 所　スターツ出版株式会社
〒104-0031
東京都中央区京橋1-3-1　八重洲口大栄ビル7F
TEL　出版マーケティンググループ　03-6202-0386
（ご注文等に関するお問い合わせ）
URL　https://starts-pub.jp/
印 刷 所　大日本印刷株式会社

Printed in Japan

乱丁・落丁などの不良品はお取替えいたします。
上記出版マーケティンググループまでお問い合わせください。
定価はカバーに記載されています。

ISBN 978-4-8137-0678-6　C0193

# ベリーズ文庫 2019年5月発売

『エリート副操縦士と愛され独占契約』 水守《みずもり》恵蓮《えれん》・著

航空会社で働く理華は男運ゼロ。元カレに付きまとわれているところを、同期のイケメン副操縦士・水無瀬に見られてしまう。すると「俺が男の基準を作ってやる」と言って彼が理華の恋人役に立候補。そのまま有無を言わさず自分の家に連れ帰った水無瀬は、まるで本物の恋人のように理華を甘やかす毎日で…。

ISBN 978-4-8137-0675-5／定価：本体640円＋税

『最愛宣言～クールな社長はウブな秘書を愛しすぎている～』 綾瀬《あやせ》真雪《まゆき》・著

秘書室勤めのOL・里香は、冷酷で有名なイケメン社長・東吾の秘書に任命される。仕事が抜群にデキる彼は、里香を頼らず全て自分でこなしてしまうが、ある日過労で倒れてしまう。里香が看病していると、クールな彼が豹変！　突然膝枕をさせられ「俺のそばから離れるな」と熱い眼差しで見つめられ…!?　焦れ恋オフィスラブ！

ISBN 978-4-8137-0676-2／定価：本体640円＋税

『溺愛ドクターは恋情を止められない』 佐倉《さくら》伊織《いおり》・著

病院の受付で働く都は、恋愛とは無縁の日々。ある日、目の前で患者を看取り落ち込んでいるところを、心臓外科で将来を約束された優秀な研修医・高原に励まされ、2人の距離は急接近。「お前を縛り付けたい。俺のことしか見えないように」――紳士な態度から豹変、独占欲を見せつけられ、もう陥落寸前で…!?

ISBN 978-4-8137-0677-9／定価：本体650円＋税

『極上御曹司に求愛されています』 惣領莉《そうりょうり》沙《さ》・著

恋に憶病なOLの芹花は、ひょんなことから財閥御曹司・悠生と恋人のフリをしてラブラブ写真を撮る間柄になる。次第に彼に惹かれていく芹花だが、彼とは住む世界が違うと気持ちを封じ込めようとする。それなのに、事あるごとに甘い言葉で迫ってくる彼に、トキメキが止まらなくなっていき…。

ISBN 978-4-8137-0678-6／定価：本体630円＋税

『ひざまずいて、愛を乞え～御曹司の一途な愛執～』 あさぎ千夜春《ちよはる》・著

百貨店勤務の葵は、元婚約者で大手飲料メーカーの御曹司・蒼佑と偶然再会する。8年前、一方的に婚約破棄し音信不通になった蒼佑だが、再会したその日に「愛してる」と言って、いきなり葵を抱きしめキス！　婚約破棄が彼の意思ではなかった事実を告げられ、ふたりの愛は再燃して……!?

ISBN 978-4-8137-0679-3／定価：本体640円＋税

タイトル、価格等は変更になることがございますのでご了承ください。

# ベリーズ文庫 2019年5月発売

## 『冷徹騎士団長は新妻への独占欲を隠せない』　黒乃《くろの》梓《あずさ》・著

とある事情で幽閉されていたところを、王国の騎士団に救出された少女ライラ。しかし彼女を狙う者はまだ多く、身を守るため、国王の命令で堅物な騎士団長スヴェンと偽装結婚をすることに。無愛想ながらも常に彼女を守り、しかも時に甘い独占欲を見せてくる彼に、ライラは戸惑いつつも籠絡されていき…!?

ISBN 978-4-8137-0680-9／定価：本体650円＋税

## 『懲らしめて差し上げますっ！～じゃじゃ馬王女の下克上日記～』　藍里《あいさと》まめ・著

お転婆な王女・ラナは、兄であるポンコツ王太子の浪費癖に国の未来を危惧し、自分が王になることを決意。だけど、それは法律上不可能。法律を変えるため父王から出された条件は、国にはびこる悪を成敗すること。身分を隠し旅に出たラナは愉快な仲間と共に、片っ端から華麗な『ざまぁ』をおみまいしていき…！

ISBN 978-4-8137-0681-6／定価：本体620円＋税

## 『ブラック研究所からドロップアウトしたら異世界で男装薬師になりました』　佐藤《さとう》三《あた》・著

薬剤師を目指して大学院に通うリナは、車に轢かれ短い人生の幕を閉じる。しかし…異世界転生して2度目の人生がスタート!?転生先では女性が薬師になることは許されないため、男装して研究に没頭するリナ。しかしある日、木から落ちたところを王太子・ミカエルに抱きとめられ、男装がバレてしまい!?

ISBN 978-4-8137-0682-3／定価：本体640円＋税

# ベリーズ文庫 2019年6月発売予定

Now Printing

『純真すぎる新妻は素敵すぎる旦那様に嫌われたくて仕方ない。』　きたみまゆ・著

老舗旅館の一人娘・鈴花は、旅館の経営状況が悪化し資金援助をしてもらうため御曹司・一樹と契約結婚をする。ところが、愛のない結婚をしたくなかった鈴花は離婚を決意。夫から離婚を切り出してもらおうと、一生懸命かわいい嫌がらせを仕掛けるも、まさかの逆効果。彼の溺愛本能を刺激してしまい…!?

ISBN 978-4-8137-0694-6／予価600円＋税

Now Printing

『四六時中、不敵なる新社長のお気に召すまま』　葉月《はづき》りゅう・著

仕事ひと筋だった麗は、恋人にフラれ傷心。落ち込んでいるところを同僚のイケメン・雪成に慰められて元気を取り戻すも、彼は退職してしまった。その後、会社が買収されることになり、現れた新社長は…なんと雪成!?　麗はいきなり彼専属の秘書に抜擢され、プライベートの世話もアリの甘い毎日が始まり…！

ISBN 978-4-8137-0695-3／予価600円＋税

Now Printing

『絶対俺の嫁にするから。―強引なカレの完全なる包囲網―』　田崎《たざき》くるみ・著

建築会社の令嬢・麻衣子は不動産会社の御曹司でプレイボーイと噂される岳人と見合いをする。愛のない結婚などあり得ないと拒否したものの、岳人は「絶対、俺と結婚してもらう」と宣言。さらに彼のマンションで同居することに！「本当に麻衣子は可愛いな」と力強く抱きしめられ、甘いキスを落とされて…。

ISBN 978-4-8137-0696-0／予価600円＋税

Now Printing

『てのひらに砂糖菓子』　砂原雑音《すなはらのいず》・著

老舗和菓子店の令嬢・藍は、お店の存続のため大手製菓の御曹司・葛城との政略結婚をもちかけられる。恋愛期間ゼロの結婚なんて絶対にお断りだと思っていたのに――「今日から君は俺のものだ」と突然葛城に迫られ、強引に甘い同居生活がスタート!?　色気たっぷりに翻弄され、藍はタジタジで…。

ISBN 978-4-8137-0697-7／予価600円＋税

Now Printing

『御曹司はジュリエットを可愛がりたくてしかたがない』　真崎奈南《まさきなな》・著

令嬢の麻莉は、親が決めた結婚をしたくないと幼なじみで御曹司の遼にこぼすと、「俺と結婚すればいい」といきなりキス！　驚く麻莉だったが、一夜を共に。とことん甘やかしてくる遼に次第に惹かれていくも、やはり親を裏切れないと悩む麻莉。だけど「誰にも渡さない」と甘く愛を囁かれて…。

ISBN 978-4-8137-0698-4／予価600円＋税

タイトル、価格等は変更になることがございますのでご了承ください。

# ベリーズ文庫 2019年6月発売予定

## 『会議は踊る、されど進まず⁉ 異世界でバリキャリ宰相めざします！』 桃《もも》城《しろ》猫《ねこ》緒《お》・著

Now Printing

社長秘書として働くつぐみは、泥酔し足を滑らせ川に落ちてしまう。目が覚めるとそこは19世紀のオーストリアによく似た異世界。名宰相メッテルニヒに拾われたつぐみは、男装して彼の秘書として働くことに。かつてのキャリアとたまたま持っていた電子辞書を駆使して、陰謀渦巻く異世界の大改革はじめます！

ISBN 978-4-8137-0699-1／予価600円＋税

## 『しあわせ食堂の異世界ご飯4』 ぷにちゃん・著

Now Printing

料理が得意な女の子が、突然王女・アリアに転生⁉　ひょんなことからお料理スキルを生かし、『しあわせ食堂』のシェフとして働くことになる。アリアの作る絶品料理で閑古鳥の泣いていたお店は大繁盛！　さらに冷酷な皇帝・リントの胃袋を掴み、彼の花嫁候補に⁉　続々重版の人気シリーズ、待望の４巻！

ISBN 978-4-8137-0700-4／予価600円＋税

電子書籍限定

恋にはいろんな色がある。

# マカロン文庫 大人気発売中!

通勤中やお休み前のちょっとした時間に楽しめる電子書籍レーベル『マカロン文庫』より、毎月続々と新刊発売中! 大好きな人に溺愛されるようなハッピーな恋から、なにげない日常に幸せを感じるほのぼのした恋、届かない想いに胸が苦しくなる切ない恋まで、そのときの気分にピッタリな恋が見つかるはず。

[ 話題の人気作品 ]

過保護な旦那様は新妻をとことん溺愛して…!?

『クールな彼とめろ甘 新婚生活』
pinori・著 定価:本体400円+税

御曹司の溺愛猛攻にもうドキドキが止まらなくて…

『俺の嫁になれ〜一途な御曹司の強すぎる独占愛〜』
滝井みらん・著 定価:本体400円+税

敏腕CEOの甘すぎる溺愛に身も心も翻弄されて…

『【最愛婚シリーズ】極上CEOにいきなり求婚されました』
高田ちさき・著 定価:本体400円+税

冷徹社長が甘く豹変! 偽りの愛が本気になって!?

『クールな御曹司の契約妻になりました』
千種唯生・著 定価:本体400円+税

各電子書店で販売中

電子書店パピレス honto amazonkindle BookLive! Rakuten kobo どこでも読書

詳しくは、ベリーズカフェをチェック!

小説サイト Berry's Cafe
http://www.berrys-cafe.jp

マカロン文庫編集部のTwitterをフォローしよう
@Macaron_edit 毎月の新刊情報をつぶやきます♪